異世界の
isekai no OCHIBICHAN ha
kyou mo nanika wo tsukuridasu
ちゃんは
~スキル
【想像創造】で
目指せ
成り上がり!~
ぱつきんすきー
ill. 高瀬コウ
JN002594

ジョシュア
ジェーン

ねぇね
（シエル）
おにぃ
（マルコ）
おチビ
（アミ）

アイリーン
マスター
（メイソン）
ベアトリス
アリス

isekai no OCHIBICHAN ha
kyou mo nanika wo tsukuridasu
異世界の
おチビちゃんは
今日も
何かを
創り出す
~スキル
【想像創造】で
目指せ
成り上がり!~
ぱつきんすきー
ill. 高瀬コウ

CONTENTS

isekai no **OCHIBICHAN** ha kyou mo nanika wo **tsukuridasu**

【第1章】✦突然ですが、思い出しました

ゴツン

ワタシ「あいたっ（>_<）……!?……ここは……え？……うそっ……え？……そういうこと……」

突然ですが、ボロ屋の扉に頭をぶつけた拍子に前世を思い出しました。

前世では50歳ぐらいまで生きたと思われますが、記憶が曖昧《あいまい》ではっきりしません。

ココとは違い、魔法がない【科学】が進歩した世界で、普通に生きて普通に生活してたと思います。

でも、自分自身のことについては、ほとんど思い出せません。

（え？　ワタシってば、異世界転生、しちゃったの？　なんてファンタジックな……でも、以前の性別も名前も思い出せないや……）

そんな今のワタシに、名前は、ありません。

いわゆるスラムに住んでいる、現役バリバリのスラムっ児《こ》なのです。

周りからは便宜上、【おチビ】と呼ばれています。

今日は今から、一緒に生活している【ねぇね】と【おにぃ】について行って、食べられるものを探しに行くところでした。

ねぇね「おチビちゃん大丈夫？　頭打った？」

ワタシ「大丈夫、ちょっと休んでいれば治ると思う」

ねぇね「そう？　それじゃあ、今日は私達だけで食べ物探してくるから、おチビちゃんは休んでいて？」

ワタシ「ごめんなさいです」

ねぇね「いいのよ。あなたは小さいんだから」

おにぃ「そうだぞ。おチビは休んでな」

ねぇね「それじゃあ、行ってくるね？」

ワタシ「うん。いってらっしゃーい」

　突然前世の記憶がよみがえり、いろいろと整理する時間が欲しかったワタシは、優しい【ねぇね】と【おにぃ】の厚意に甘えることにしました。

（とりあえず、こういうお話では、魔法とか、スキルとか、何かしら持ってることが多いよね？　それを確認するには、ステータス！）

　そう念じると、目の前にパソコンの画面のようなものが現れました。

　そこに表示されていた内容は、

　名前：おチビ
　種族：人族
　性別：女
　年齢：5歳
　状態：栄養失調
　魔法：【なし】

スキル：【想像創造】レベル1（1回／日）

こんな感じでした。

（ワタシのお名前、【おチビ】になってるし……まあ、それはおいおい考えるとして、魔法は【なし】か〜。魔法使えないのかな〜、ワタシ。使いたかったな〜、魔法……）

夢の異世界転生で魔法少女爆誕か？　と思いましたが、残念ながら魔法は使えないようです。

その代わりといってはアレですが、スキルがあるようです。

（スキル：【想像創造】レベル1（1回／日）？　文字の意味的には、想像したモノを創り出せるのかな？　そしてこのスキルのレベルは1で、1日に1回使えるってことかな？　う〜ん。とりあえず何か創ってみようかな？　でも1日1回っぽいし、大切に使わないとだよね……）

ということで、今一番欲しいモノを考えてみます。

（今のワタシは貧乏、この上なく貧乏です。ということで、創るなら、お金かな？　あれ？　でもワタシ、この世界でお金を見たことがないかも……）

スラムっ児のワタシは、お金に無縁の生活でした。

なので、今までお金を見たことがありません。

（見たことがないから、想像できないや……）

ということで、お金を創り出すのは諦め、別のモノを考えます。

（お金の次に欲しいモノは、やっぱり食べ物だよね〜。何がいいかな〜。といっても、この世界の食べ物なんて、今まで碌《ろく》なモノ食べてないし……）

スラムっ児のワタシには、欲しいモノを想像することも一苦労です。

（あれ？　それなら、前世のモノを思い浮かべればいいのかな？）

考え方を変えて、ちゃんと思い出すことが出来る前世のモノを想像してみることにします。

（う～ん、何がいいかな～。おいしくて、お腹いっぱいになって……あっ、ねぇねとおにぃの分も忘れないようにしないと。でもこのスキルは１日１回だから……ということは、１個でたくさん食べられるモノじゃなくっちゃだよね……よし、決めた！）

ワタシ「それじゃあ、【想像創造】」

そう声を出して念じてみると、目の前に前世でよく見たものが現れました。

【無洗米　コシヒカリ　愛知県産　５kg　２２８０円】

ワタシ「やったー、お米ゲットだぜぇ！」
そんなことをしていたら、ねぇねとおにぃが帰ってきました。
ワタシのことを心配して、早く帰ってきてくれたのでしょう。
おにぃ「ただいま、おチビ」
ねぇね「おチビちゃん、ただいまー」
ワタシ「おかえり～。ねぇね、おにぃ、これ、見て見て～。食べ物だよ～」
ねぇね「え？　食べ物？　この不思議な袋が？」
ワタシ「この袋の中身だよ～。ワタシ「お米っていうんだ～」
おにぃ「へー、それでこれ、どうしたんだ？」

米
コシヒカリ

ワタシ「えへへぇ～、ワタシのスキルで出したんだ～」
おにぃ「スキル？」
ワタシ「そうなの。ワタシ、スキル覚えたんだ～」
ねぇね「スキルで出したの？　凄いわね、おチビちゃん。「それで、これはどうやって食べるの？」
ワタシ「えっとね、お鍋にお水と一緒に入れて、お水がなくなるまで煮るの！　そうするとね、ふんわり甘いご飯になるんだ～」
ねぇね「それじゃあ、さっそく煮てみましょうか。お鍋とお水が必要なのね？」
ワタシ「そうで～す！」
おにぃ「それじゃあ、オレは火を用意しとくよ」
　そんな感じで始まった、異世界クッキングｉｎスラム街。
ボロボロのお鍋に無洗米を入れ、そこにねぇねが魔法でお水を注いでいきます。
（ねぇねは水魔法が使えるんだね～。おにぃは火魔法かな？）
計量カップなんてありませんので、水加減は目見当。
キャンプの飯盒《はんごう》炊飯的な感じです。
あとはいつも使っている竈《かまど》っぽくなっているたき火の上に載せて、炊き上がるのを待つだけです。
（はじめちょろちょろ中ぱっぱー♪）
しばらくすると、お米の炊ける幸せの匂いが広がってきました。
ワタシ「う～ん、いい匂い～」
ねぇね「もう食べられる？」

ワタシ「もうちょっと待ってね～」
そんなやり取りの後、ついに炊き上がったコシヒカリちゃん。
お米はちょっと柔らかく、なべ底は焦げ付いてしまいましたが、本当の意味で欠食児の３人にとって、そんな些細なことは全く気になりません。
各々のボロボロのお皿に盛り付けて、早速実食です。
ワタシ「ん～ん。甘～い。美味《おい》し～」
ねぇね「初めて食べるけど、甘くて美味しい～」
おにぃ「うん。美味《うま》い！」
ねぇねとおにぃがとってきた野草をおかずに、久しぶりにお腹いっぱいになったワタシ達３人なのでした。

◆◇◆◇◆

翌朝、昨夜の夕食と同様に無洗米を炊き上げて、お腹いっぱい朝食を食べたワタシ達欠食児３人。
朝食後の少しまったりとした時間に、ワタシはねぇねとおにぃにお金稼ぎについて相談してみることにしました。
ワタシ「ねぇねとおにぃ、お金って、どうすれば稼げるの？」
ねぇね「ん？　お金？　それは価値があるモノをお店で買い取ってもらうしかないかな？」
ワタシ「どこかで雇ってもらえないの？」

おにぃ「オレ達スラムの人間は、マトモに働かせてもらえないからな～」

　スラム出身者への差別、スラムあるあるが早速炸裂しているようです。

（う～ん、働かせてもらえないから、価値あるモノをお店で買い取ってもらうしかない、なるほど……）

ワタシ「買い取ってもらえそうなモノって、どんなものがあるの？」

ねぇね「そうね～、薬草とか、木の実とか、果物とかかな？」

おにぃ「ウサギとか野ネズミも肉屋に売れるぞ」

（採取系の成果物ですね～。ワタシに想像できるモノで、そっち系といったらなんだろう……）

　フムフムと、しばらく考え込むワタシ。

　異世界転移・転生系のお話で、お金稼ぎの定番といえば、

　　お塩

　　香辛料

　　甘味

　といったところが頭に浮かびました。

（お塩も香辛料も、いきなりお店に持っていっても、出所がアレだよね～。となると、自然に存在している甘味が一番無難かな～。蜜系？　アレなら想像できるかも……）

　ということで早速念じてみます。

（【想像創造】）

　すると目の前には、

【はちみつ　ブレンディッド　１２００ｇ　４８００円】

透明なビンに詰まった【はちみつ】が現れたのでした。

ねぇね「なに？　この透明な、これはガラス？」

おにぃ「中に入っているのは、蜜か？」

ワタシ「そうで～す。はちみつで～す。ビン入りのはちみつなので～す」

おにぃ「ビン入り？　うへぇ～、すげぇ～」

ねぇね「はちみつ？　あの甘味の？」

ワタシ「そうで～す。これを売って、お金を稼ぎましょう！」

ねぇね「これを売るの？　このまま？」

おにぃ「それは止めておいた方がいいかもな」

ワタシ「え～、なんで～？」

おにぃ「こんな立派なビン、見たことないからだよ」

ねぇね「そうね。このビンはたぶん危険だと思う。私達が持っていったら、お店の人から疑われちゃうかも」

おにぃ「スラムの子供が盗品を持ち込んだってね」

またもやスラム出身という障害が立ちはだかった模様です。

ワタシ「う～ん、それじゃ、別の入れ物に移し替えて、小分けにして売ればどう？」

ねぇね「それなら、大丈夫かな？」

おにぃ「お店を間違えなければ、ね？」

ワタシ「お店を間違える？」

ねぇね「私達に優しくしてくれるお店と、そうじゃないお店があるの」

おにぃ「まあ、どの店も、オレ達が入れるのは裏口だけだけどな」

　そんなやり取りの後、ボロボロのおちょこのような容器に、はちみつの一部を移し替えます。

（１２００ｇのビンの空き具合から、１００ｇぐらい移したのかな？）

　そしてそれをおにぃが持って、３人で目的のお店にお出かけです。

　スラムを出て、10分ぐらい歩いた場所にあるそのお店は、正面から見ると雑貨屋さんのようでした。

ワタシ「ココのお店は優しいの？」

ねぇね「そうなの。たまに余り物をくれるお店なの」

　早速裏口に回り、営業スタートです。

　ゴンゴンゴン

おにぃ「すいませぇ～ん。買取お願いしま～す」

ねぇね「すいませぇ～ん」

　しばらくすると、ふくよかな女性が裏口から出てきました。

女性「はいよ。あら、あんた達かい。今日は何を持ってきたんだい？」

おにぃ「今日は、これです」

ねぇね「甘い蜜を持ってきました」
女性「あら！　蜜だって？　それは凄いじゃないの。ちょっと見せてもらっていいかい？」
おにぃ「もちろんです」
ねぇね「お願いします」
女性「ほぉ、マジりっけがないねぇ〜。ちょっとなめてみてもいいかい？」
おにぃ「どうぞ」
女性「それじゃ……うん、味も見た目も雑味がなくて、いい蜜だね。これは買取でいいのかい？」
おにぃ「はい。買取でお願いします」
ねぇね「あっ、器は返してほしいです」
女性「はいよ。それじゃ、別の器へと移し替えながら、重さを量っちゃうね」
おにぃ「はい」

　そして、一旦お店に戻っていった女性。
　その間に、ねぇねとおにぃにいろいろ聞いてみます。

ワタシ「ねぇね、あの女の人は優しいの？」
ねぇね「そうなの。普通なら、私達のお話なんて聞いてくれない人ばっかりだもの」
おにぃ「そうだな。買取だって、他の店だと、こんな風にちゃんと量ってくれないよな」

　そんな会話をしていると、女性が戻ってきました。

女性「大体98ｇってところだったよ、１ｇあたり2リルで、合計１９６リルでどうだい？」
ねぇね「そんなに？」

おにぃ「そ、それでお願いしまっす！」

どうやら高値が付いたようで、ねぇねは驚き、おにぃは感動している様子です。

（へぇー、通貨の単位は【リル】っていうんだ、覚えておこ～）

そうこうしているうちに、持ってきたボロボロのおちょこをねぇねが受け取りました。

そしておにぃが、ちっちゃな銀貨っぽいモノ１枚、ちょっと大きな銅貨っぽいモノ９枚、そして、小さな銅貨っぽいモノ６枚を、１枚１枚数えるようにして手で受け取りました。

（貨幣価値がわからないからアレだけど、とにかく、現金ゲットだぜぇ！）　(o^v^o)b

◆◇◆◇◆

おにぃ「すげぇ～、オレ、小銀貨なんて初めて触ったよ～」
ねぇね「私にも触らせて～」
　スラムのねぐらに戻ってきたワタシ達は、今、はしゃいでいる真っ最中です（ワタシを除く）。
（貨幣の価値がわからないから、小銀貨とか言われても、よくわかりませ～ん）
そんなワタシの気持ちを知ってか知らずか、ねぇねとおにぃはハイテンション。
おにぃ「早速買い物に行ってこようぜ」
ねぇね「美味しいモノ買お～」
　という訳で、今度はお買い物にお出かけなワタシ達３人です。
ワタシ「何を買いに行くの？」

ねぇね「私、お肉食べたい！」
おにぃ「オレもオレも！」
ワタシ「じゃあ、町のお肉屋さんに行くの？」
おにぃ「いいや。町のお店はオレ達にモノを売ってくれないからダメだな」
ワタシ「え？　それじゃあ、どこでお買い物するの？」
ねぇね「スラムにある屋台のお店に行くのよ」
ワタシ「屋台のお店？」
ねぇね「そう。何でも売ってるのよ」

　そんな会話をしつつ、歩くこと5分程。
　やってきたのはスラムの外れ。
　町との境目に近い、比較的綺麗な場所にある、掘っ立て小屋のようなお店です。

店主「よう、坊主ども、なにか入用か？」
おにぃ「肉を売ってくれ」
店主「肉だぁ？　お前ら、金はあんのか？」
ねぇね「今日はあります。大丈夫です」
店主「そうか、それじゃあ、これなんかどうだ？　野ネズミの干し肉だ」
おにぃ「それ、いくら？」
店主「そうだな～、この大きさなら、３リルってとこかな」
ねぇね「買います、それ買います！」

店主「即決とは豪勢だねぇ〜。それじゃあ、はいよ。銅貨３枚と交換だ」
おにぃ「ついでに黒パンも３つくれ」
店主「黒パンは１個１リルだ。合計で６リルだな」
おにぃ「それじゃ、これで」
店主「まいど〜」
　そんな感じでお買い物が進められていきます。
（う〜ん、１リルはちっちゃい銅貨１枚、それが手のひらぐらいの丸パン１個分の価値なんだ〜。とすると、１リル＝１ドル〈１２０〜１４０円〉ぐらいなのかな？）
　ワタシの中で、貨幣価値が徐々に明確になっていきます。
（ということは、さっきのはちみつは、大体２万円ぐらいで売れたってこと？　ほぇ〜。結構なお値段ですね〜。ねぇねとおにぃが驚くわけだ〜）
　そんなことを思いながら、買い物を終えてねぐらに戻るのでした。
　その日の夕食は、炊いた無洗米と干し肉でかなりリッチな感じになりました。
おにぃ「うんめ〜、肉なんて久しぶり〜」
ねぇね「美味し〜、ホント美味し〜」
ワタシ「しょっぱい干し肉と、甘いお米が合うね〜」
　ワタシも久々の動物性タンパク質に舌鼓《したつづみ》を打ったのでした。
　翌朝、屋台のお店で購入した硬い黒パンをかじりながら、ねぇねとおにぃに今後のことを相談します。

ワタシ「ねぇね、おにぃ、ちょっと聞いて欲しいお話があるのです」
ねぇね「なあに？」
ワタシ「ワタシ達の今後のことなのです」
おにぃ「今後？」
ワタシ「今のままだと、ここの生活、スラムから抜け出せないのです」
ねぇね「それは、そうでしょうね」
ワタシ「だから、目標を決めて、少しずつ、生活を改善していきましょ？」
おにぃ「改善？　どうするんだ？」
ワタシ「まずはですね？　身ぎれいにしましょう！」
ねぇね「身ぎれいに？」
ワタシ「そうです。ワタシたち、はっきり言って、汚いのです」
ねぇね「スラムにキレイな人なんていないでしょ？」
おにぃ「まあ、そりゃそうだ」
ワタシ「汚いから、町のお店にワタシたちは入れてもらえないのです。身ぎれいにすれば、ちゃんとお客さんとして扱ってもらえると思うのです」
ねぇね「う～ん、そうなのかな～？」
ワタシ「きっとそうなのです。だから、まずは、身ぎれいにすることから始めましょ？」
おにぃ「身ぎれいって言われてもな～、どうするんだ？」
ワタシ「まずは毎日体を洗うこと。そして、お洋服を洗濯すること」

ねぇね「お洋服を洗濯したら、着るものがなくなっちゃうよ？」
ワタシ「そうです。だから、まずは、もう一着お洋服を買いましょう」
　ということで早速お買い物に出かけます。
　行き先は、何でも売ってるスラムの屋台のお店です。
店主「よう、坊主ども、昨日も来たが、今日もなにか入用か？」
ねぇね「お洋服が欲しいの」
店主「服だぁ？　高いぞ、そんなもん。金あるのか？」
ワタシ「とりあえず、見せてほしいのです」
店主「お？　おチビ、いたのか。まあ、見るだけならタダだもんな？」
　そんな会話の後、子供服と思しきものを店の裏から持ってきた店主さん。
　女の子用の小さなワンピースが３着と、男の子用の長ズボンと長袖Ｔシャツのセットを見せてもらいました。
ワタシ「これは、全部でおいくらですか？」
店主「そうだなぁ、着古したヤツだし、買い手もあまりいないからなぁ～。全部合わせて１５０リルってとこかな？」
ねぇね「ひぃ～」
おにぃ「たけ～」
（ワンピース３着と長ズボンと長袖Ｔシャツ、５点で１５０リル。１点平均30リル、大体４０００円ぐらいかな？　たしかに中古のお洋服にしてはお高く感じますね～。でも、見た感じは綺麗だし、必要経費ですよ！）
　ということで、
ワタシ「買います。全部くださいな」
ねぇね「え？」
おにぃ「ホントに？　買うの？」
ワタシ「うん。今後のための必要経費なのです！」
店主「なんだか知らねえが、買うんだな？」
ワタシ「はい。お願いします」
店主「それじゃ、１５０リルだ」
おにぃ「はい。小銀貨と、大銅貨５枚……」
ねぇね「あぁ、お金が……」
店主「まいど～」
　ワタシの野望、スラム脱出の第一歩は、こうして進められたのでした。
その日から、毎晩寝る前にはお湯で体を洗い、朝はお着替えをしてお洗濯をすることにしました。
ねぇねもおにぃも、身ぎれいにすると見違えるようになり、履物を見なければ、スラムの住人とは思えません。
（もう少しお金が溜まったら、靴も買い替えましょう）
ちなみに、その日にワタシが【想像創造】で創り出したモノは、

【湯船　ＦＲＰ製　１２０×70×80㎝　５４８００円】

前世ではごくごく一般的だった繊維強化プラスチック製の湯舟です。

これにねぇねの魔法でお水を張り、おにぃの魔法で温めてお湯にしてお風呂に入ったのです。

久しぶりのお風呂、思わず長湯になってしまったのは言うまでもありません。

そして翌朝は、湯船に再度お湯を張り、その中でお洗濯をしました。

その日は朝から【想像創造】で、

【植物石鹸　１００ｇ　88円】

を創り出し、洗濯にこれを使いました。

（とりあえず石鹸で、体だけじゃなくて、お洋服も洗っちゃうことにしましょう）

そして洗濯物をねぐらに干したら、今日は、また例の親切な町のお店にはちみつを売りに行くことにします。

（１日間隔をあけたから、またはちみつを採ってきても、そんなに不思議じゃないよね？）

ということで、今日もまずはお店の裏口からスタートです。

ゴンゴンゴン
おにぃ「すいませぇ～ん。買取お願いしま～す」

ねぇね「すいませぇ～ん」

しばらくすると、以前と同じ、ふくよかな女性が裏口から出てきました。
女性「はいよ。あら？　あんた達、随分と見違えちゃったじゃない」
ねぇね「えへへぇ～、身ぎれいにしてみました」
女性「うんうん、いい心がけだね。普段から、そうしていれば、きっといいことがあると思うよ」
ねぇね「はい」
女性「それで、今日は何を持ってきたんだい？」
おにぃ「今日もこれ、甘い蜜です」
女性「おとといのヤツと同じかい？」
おにぃ「そうです」
女性「それはいいね。また見せてもらっていいかい？」
おにぃ「もちろんです」
ねぇね「お願いします」
そんな感じで前回同様、別の器に移し替えながら重さを量ってくれる女性。
女性「今回は102gだったから、204リルでいいかい？」
おにぃ「それでお願いします」
ねぇね「ありがとうございます」
女性「じゃあ、これね」
おにぃが小銀貨2枚と、銅貨4枚を受け取り、ねぇねがボロボロの器を受け取ります。
このタイミングで、ワタシは女性に話しかけてみます。

ワタシ「すいません、ちょっとよろしいでしょうか？」
女性「ん？　なんだい？　おチビちゃん」
ワタシ「あの、ワタシたち、身ぎれいにしたんで、お店に入ってもいいですか？」
女性「ん～、キレイになってるし、他のお客さんに迷惑をかけないのなら、いいわよ」
ねぇね「ホントですか？」
おにぃ「ありがとうございます！」
ワタシ「それじゃあ、また蜜が手に入ったら、お店の正面からお願いに来ますね？」
女性「ああ、蜜は大歓迎だからね。期待して待ってるよ」
　そんな感じで、次回のはちみつの取引の予約を取り付けることが出来ました。
　それも堂々と、お店の正面から入っての取引です。
（スラム脱出計画、また一歩前進です！）　(^_^)v

◆◇◆◇◆

　はちみつを売った帰りがけにスラムの屋台のお店に寄って、３人の靴（サンダルに近い）と野ネズミの干し肉と黒パンを買ったワタシ達３人。

　これで見た目はほぼ町の子供に見えるようになりました。

（それにしても、靴もけっこうなお値段でしたね～）

　サンダル３足で１２０リル、干し肉と黒パンを合わせて１２６リルの出費です。

これで残金は１１８リル、小銀貨１枚と大銅貨１枚と銅貨８枚です。
（これでとりあえず、最低限の身嗜《みだしな》みは整ったよね？　あとは……）
ワタシとしては、一刻も早くスラムから抜け出したいと思っています。
なので、町に住みたいと、ねぇねとおにぃに主張してみます。
ワタシ「ねぇね、おにぃ、ワタシたち、キレイになったでしょ？」
ねぇね「ん？　そうね」
ワタシ「それに、お金も稼げたでしょ？」
おにぃ「そうだな」
ワタシ「このお金で、町のお宿にお泊りできないかな？」
おにぃ「あ～、それは無理だな」
ワタシ「え？　なんで？」
ねぇね「私達、身分証がないから、お宿にお泊り出来ないの」
おにぃ「市民証かどこかのギルドの会員証がないと、相手にされないんだ」
ねぇね「市民証は、市民権が必要だし……」
　どうやら、お金があってもスラムからは簡単に抜け出せないみたいです。
ワタシ「そうなんだ……ギルドの会員証は？」
おにぃ「商業ギルドは、偉い人の推薦が必要だって聞いたことがある」
ねぇね「ハンターギルドなら制限なく入れるって、聞いたことがあるかも」
おにぃ「でも、登録費が必要だったんじゃなかった？」

ねぇね「そういえば、そんなこと聞いたことがあるかも……」

ワタシ「それじゃ、明日、はちみつを売りに行ったあと、ハンターギルドに行ってみようよ」

おにぃ「そうだな」

ねぇね「聞いてみるだけ、聞いてみましょう」

　ということで、明日の行動予定が決まりました。

　そして翌日。

ねぇね「こんにちは～」

おにぃ「買取お願いしま～す」

　今日は朝から例の親切な町のお店にはちみつを売りに来ました。

　しかも、お店の正面から堂々と入店してです。

（なんだか、やっと人間らしくなった気がするよ）

　そんなことを思いながら、店内を見渡します。

　店舗内は、小皿やカトラリーといった小物類、根菜や小麦といった主食類、いろいろなモノが雑然と並べられています。

　カウンター奥の棚には、小さな壺類がこちらは整然と並べられており、きっと高級品なんだろうと想像出来る扱いの違いでした。

（あの壺の中身はお塩とか？　香辛料とか？　ワタシたちの蜜もあの中にあるのかな？）

　そんなことを思っていると、いつものふくよかな女性と、こちらもふくよかな男性が現れました。

女性「あら、いらっしゃい」

ねぇね「こんにちは」
おにぃ「今日も蜜を持ってきました」
女性「昨日の今日で、また採れたのかい？」
おにぃ「採れたというか――」
ワタシ「わぁわぁ〜、そ、そうです！　毎日採りに行っているのです！」
　おにぃが余計なことを口走りそうでしたので、慌てて会話を遮るワタシ。
（危ない危ない。おにぃにワタシのスキルのこと、ちゃんと口止めしとかなきゃだった！）
　そんなことを考えていると、
男性「ん？　この子らか？　最近蜜を持ってくるスラムの子供ってのは」
女性「そうなの。でもスラムっぽくないでしょ？」
男性「あぁ。身ぎれいにしているようだね」
　おチビなワタシが男性をじっと見つめていると、その視線に気づいたのか、ちょっと屈んでワタシに話しかけてくれる男性。
男性「私はこの店の店主でジョシュア。隣は妻のジェーンだ。君達が持ってくる蜜はとても良いモノだったので気になっていたんだよ。利益をもたらしてくれるお客さんは大歓迎だよ」
　そう言って、ワタシに笑いかけてくれました。
（ワタシたちがスラム出身と知っていてこの対応、この人はイイ人みたいですね。それじゃあ、こちらも、それに見合った対応をさせていただきましょう）
　ということで、おにぃにサインを送るワタシ。

ワタシのサインを見たおにぃがおもむろに取り出したのは、

【はちみつ　ブレンディッド　１２００g　４８００円】

のビン丸ごと。

中身は2回の買取で２００g程減っていますが、約１０００gのはちみつを、透明なガラスビンごと買取に出してしまおうということです。

これは、朝、スラムのねぐらで3人で話し合ったのです。

ワタシ「お店の正面から入って、とても対応が良ければ、残りのはちみつ、ビンごと全部売っちゃいましょう」

ねぇね「え？　ビンごと？　このビン、とっても珍しいと思うよ？」

おにぃ「そんなことして大丈夫か？　危なくないか？」

ワタシ「だからね？　お店の人の対応次第なの。大丈夫と思える程対応が良ければ、ビンごと売っちゃいましょ？　でも逆に、あからさまに対応が悪ければ、そのまま何も売らずに帰っちゃうの」

ねぇね「え？　何も売らないの？」

ワタシ「対応が悪かった場合だよ？　でも、もしそうなったとしても、今まで通り、裏口に戻ればいいだけでしょ？」

おにぃ「そうだな。それなら、問題ないな」

ねぇね「そうね」

　朝、こんな会話をしておいたのです。

ジョシュア「こっ、これは！　もしかして、ガラスビン、なのか？」

ワタシ「そうです。その中に、今まで売りに持ってきていた蜜が入っています」
ジョシュア「こっ、これを、全部売ってくれるのか？」
ワタシ「はいです。おいくらで買い取ってくれますか？」
ジョシュア「ちょっ、ちょっと時間が欲しい。これをもう少し調べさせてくれ」
ワタシ「もちろんです。お気がすむまでどうぞ」
　そんな感じでビンを調べ始めた店主のジョシュアさん。
　女将さんのジェーンさんもビックリ顔です。
ジェーン「あんた達、凄いモノ持ち込んできたね～。こう言っちゃアレだけど、盗品とかじゃないだろうね？」
ワタシ「それは神様に誓って」
ねぇね「私も誓います」
おにぃ「それはおチビが――」
ワタシ「わぁわぁわぁ～、しょ、商売のネタは明かせないのです！」
　またも余計なことを言いそうになったおにぃを遮るワタシ。
ジェーン「そりゃそうだね。盗品なら、こんなに堂々と売りに来やしないだろうし。そもそもこんな透明なガラス、ここいらじゃ見たことないもんね。疑ったりして悪かったね」
　そんな会話をしていると、
ジョシュア「待たせてすまなかったね。とりあえず――」
　ということでお値段の説明が始まりました。

中身のはちみつは、今まで通りの買い取り率で、１g２リル。

１００１gだったので、２００２リルになりました。

そしてビンの方は、
ジョシュア「こんな透明で、表面が滑らかなガラスは見たことがないよ。しかも、ピッタリと閉まる金属製の蓋までついてるなんて。本来ならもっと凄い金額がついてもおかしくはないだろうけど、うちの店ではこれが精一杯だ」

ということで、ガラスビンの買取のお値段は、１００００リルを提示されました。

1万リル、元の世界では1万ドルぐらい？　約１２０～１４０万円ぐらいの価値がありそうです。

（うひょ～、ただのガラスビンに凄い金額ですね～）

もちろんワタシ達に否はありません。

おにぃ「そ、それでお願いしまっす」

ねぇね「お願いします」

買取の合計金額は１２００２リル。

小金貨1枚と大銀貨2枚と銅貨2枚を受け取ったワタシ達３人。

手持ちの合計金額は１２１２０リル。

小金貨1枚と大銀貨2枚、小銀貨1枚と大銅貨1枚と銅貨10枚が手持ちの全財産です。

注釈：大金貨↓１０００００リル　小金貨↓１００００リル　大銀貨↓１０００リル　小銀貨↓１００リル　大銅貨↓10リル　銅貨↓１リル

◆◇◆◇◆

　思わぬ大金を手にしたワタシ達３人は、その足でハンターギルドを目指します。

ワタシ「ハンターギルドの登録料にいくら必要なのかわからないけど、これだけあれば、足りるよね？」

ねぇね「そうよね」

おにぃ「たぶんな」

　ハンターギルドの場所は、おにぃがよく知っているみたいで、

おにぃ「ハンターギルドはこっち、早く行こうぜ」

　そんな感じでおにぃに手をとられ、小走り気味に移動するワタシ。

　本当は町の様子を歩きながらゆっくり見たかったのですが、ワタシが町の様子を楽しむ時間はあまりありませんでした。

　しばらく歩くと、明らかに周りの建物とは様子が違う、立派な建物が目に入ってきました。

おにぃ「あそこ、あの一番デカい建物がハンターギルドなんだ」

　石造りのその建物は、日本の昔の銀行とか、明治時代の政府関係の庁舎を彷彿とさせます。

（なんだかお役所みたいなところなのかな？）

　大きな木製の扉を開いて中に入ると、向かって正面に受付カウンターのようなところが５つ。

　その手前は円形の机と椅子が十数セット整然と並べられています。

右手奥にはバーのようなカウンター席があり、その近くの机では、食事をしている人達が数人見受けられます。

（思ってたよりキレイで整然としてますね。これなら、酔っ払いに絡まれるなんてイベントは、ないかな？）

　そんなことを考えていると、

ねぇね「どこに行けばいいのかな」

おにぃ「とりあえず、奥に行ってみようぜ」

女性「あらあなた達、ハンターギルドは初めて？」

　紺色の制服を身にまとった、キャリアウーマン的な美人さんが話しかけてくれました。

（この人は受付嬢さんかな？　案内係さんかな？）

おにぃ「オレ達、ハンターギルドに登録したいんですけど」

ねぇね「よく分からないので、詳しく教えてください」

女性「新規登録ということでいいのかしら？」

ワタシ「はいです」

女性「あら？　おチビちゃんもいたのね？　新規登録なら、一番左の受付窓口で聞いてみてね？」

ねぇね「分かりました」

おにぃ「ありがとうございます」

　ということで、早速一番左の受付へ移動です。

おにぃ「すいません、新規登録について、聞きたいんですけど」

受付嬢「は〜い。新規登録ですね？」

ねぇね「はい。お願いします」

受付嬢「ハンターギルドは、12歳以上なら誰でも登録出来ます。登録すると最初は１級から始まって、貢献度が上がると２級３級と上がって、ハンターの上限、最高峰は５級になります」

ワタシ「え？　12歳？　12歳じゃないと、ダメなんですか？」

受付嬢「ん？　あら、おチビちゃんも登録するのね？　12歳未満は、仮登録という形での登録は可能よ？」

ワタシ「仮登録？」

受付嬢「そう。まあ、見習いみたいな扱いになるわね。だから、単独で依頼は受けられなかったり、12歳まで１級のままだったり、ちょっと制限がかかるわね」

ワタシ「なるほど」

（12歳になっていないと、一人前の扱いはされないけれど、一応、登録はできる、そんな感じですかね）

ねぇね「あの、登録には、お金がかかりますか？」

受付嬢「ええ。市民証があれば、１００リル。そうでない場合は、５００リル必要です」

おにぃ「５００リルか〜」

　ワタシ達は、市民証を持っていません。

　なので、登録料はひとり５００リル、３人で１５００リルということになります。

（けっこうお高いですね〜。手っ取り早く身分証だけ欲しい、なんて考えてる人にはハードル高いですね〜。逆に、そういうのを防ぐために、お高くしてるのかな？）

　そんなことを考えながらも、お返事はひとつです。

ワタシ「ワタシたち３人の登録、お願いします」

おにぃ「お願いします」

ねぇね「します」

受付嬢「それでは、こちらの登録申請書に、必要事項を書いてくださいね。あっ、代筆は必要だったかしら？」

ねぇね「大丈夫です。私が書きます」

受付嬢「そう？　それじゃ、お願いしますね？」

　そんなやり取りの後、登録申請書を読み始めたねぇね。

　そんなねぇねをタダ見ているだけのワタシとおにぃ。

　ワタシは、生まれてこのかた、教育というモノを受けていないので、文字を読めませんし、書けません。

（まあ、前世の記憶を取り戻してからは、日本語とか、英語なら少しぐらいはわかるけど……）

　おにぃは、多少なら文字を読めるみたいですが、書けるのは自分の名前だけみたいです。

　ねぇねはスラムに来るまではかなりちゃんとした教育を受けていたみたいで、読み書きは完璧です。

　ちなみに、おにぃとねぇねには、ちゃんとしたお名前があり、おにぃのお名前は【マルコ】で、お歳は15歳。

ねぇねのお名前は【シエル】で、お歳は13歳。

　らしいです。

　ワタシはかなり小さい時にスラムに捨てられていたみたいで、名前があったのかすら分からない状態です。

ねぇね「とりあえず、名前と特技、アピールしたい場合は得意魔法とか書けばいいみたい。どうする？」

おにぃ「なるほどな。それじゃ、得意魔法は書いておこうか」

ねぇね「いいの？」

おにぃ「オレの得意魔法っていったって、普通の火魔法だけだしな」

ねぇね「じゃあ、書いておくね」

おにぃ「よろしくな」

　そんなねぇねとおにぃのやり取りを見上げながら、ちょっと焦り始めたワタシ。

（あれ？　ワタシのお名前、どうすればいいの？　まさか、【おチビ】で登録はしないよね？）

　そんなワタシの不安をよそに、ねぇねが書き終えたワタシの登録申請書を見せてきます。

ねぇね「おチビちゃんのお名前は【アミ】にしておいたわ。お友達って意味なの」

（え？　ワタシのお名前だよね？　ワタシに相談とかは？）

そんな感じで、ねぇねの独断先行で、ワタシのお名前は【アミ】に決まってしまったのでした。

◆◇◆◇◆

受付嬢「それじゃ、登録料、３人で１５００リル、お願いしますね」
おにぃ「は、はい。これでお願いします」
　そう言っておにぃは大銀貨を２枚取り出します。
受付嬢「２０００リルですね。お釣りが５００リル、小銀貨５枚になります」
受付嬢「それとこれが、皆さんの登録証になります」
　米軍のドッグタグみたいなモノが付いたネックレスっぽいモノを３つ、ねぇねが受け取ります。
ねぇね「これは、おにぃの、これは私ので、はい、おチビちゃんはこれね」
　文字が読めるねぇねにどれが誰用の登録証なのか分けてもらい、全員首にその登録証を装着します。
　これで、身分証をゲット出来たことになります。
（やったー！　これで町で生活できるぞ～！）
　そして、おにぃがお釣りを受け取ったところで、ワタシは受付嬢さんに質問してみます。
ワタシ「受付さん、すいません。質問、いいですか？」
受付嬢「はい、かまいませんよ」
ワタシ「ワタシたち、お宿をとりたいんですけど、おすすめとかありませんか？」
受付嬢「宿？　それなら、ハンターギルドの裏に、１級ハンター向けの宿舎があるけど、どうかしら？」
おにぃ「ハンターギルドの裏？」
ワタシ「宿舎ですか？」
受付嬢「ええ。この建物の裏庭に、大きな宿舎と広場があるの。あまり稼げない１級ハンターの救済措置として、そこを低額で貸し出しているのよ？」
ワタシ「お値段は、おいくらですか？」
受付嬢「宿舎は大部屋で、１日ひとり２リル。広場は自分でテントを用意する必要があるけど、１日１リルよ？」
ワタシ「広場はひとり当たりの広さとか、決まっているんですか？」
受付嬢「広場に行けば分かると思うけど、ひとり分のスペースが線引きされているわよ」
ワタシ「ねぇね、おにぃ、いいよね？」
ねぇね「うん」
おにぃ「もちろん」
ワタシ「それじゃあ、ワタシたちに広場を貸してください」
　その場で銅貨３枚払って、広場を借りたワタシ達でした。
　そして早速、ハンターギルドの裏庭の広場へやってきたワタシ達３人。
おにぃ「結構広いな～」
　４００メートルリレーが出来そうな、学校の校庭ぐらいの広さがある裏庭の広場。
　これだけ広ければ、スラムのねぐらから、ガラクタという名のワタシ達の財産を持ってきても大丈夫そうです。

ねぇね「この白線がひとり分なのかな？」

　裏庭の広場には、縦横２メートルぐらいの正方形が多数、白線で引かれていました。

ワタシ「でも、誰もいないね～」

　たぶんみんな、宿舎にお泊りしているのでしょう。

　裏庭の広場の利用者は誰もいないみたいです。

（この裏庭の広場、小石もゴロゴロしているし、いくらテントを張っても、寝心地とか悪そうだしね～。やっぱりみんな、宿舎を選ぶよね～）

　時間はまだお昼前。

　今から始めれば、夜までには余裕でお引っ越しを終えることが出来るでしょう。

ワタシ「ねぇね、おにぃ、スラムのねぐらから、お引っ越ししちゃいましょう」

おにぃ「おう！」

ねぇね「そうね！」

　ということで、スラムのねぐらに戻ってきたワタシ達３人。

　ボロボロだけどワタシ達にとっては貴重なお鍋やらお皿やらを、ハンターギルドの裏庭の広場まで運び出さなければなりません。

　しかも、最近ワタシが【想像創造】で創り出した【無洗米　コシヒカリ　愛知県産　５kg】や【湯船　ＦＲＰ製　１２０×70×80】といった、重たいモノ、大きなものも運び出さなければなりません。

（う～ん、輸送に使えそうなモノ……そうだ、アレを創り出そう！【想像創造】！）
　そうして創り出したモノは、

【アルミ製折り畳みリアカー　ノーパンクタイヤ仕様　全長２４０×全幅１１６×全高81cm　質量40kg　耐荷重３５０kg　８９８００円】

　これなら、大きな湯船も運べます。
おにぃ「お～、すげぇ～」
ねぇね「この銀色はなあに？」
ワタシ「これはね、こうして組み立てるとね、じゃじゃーん、荷車になるので～す！」
おにぃ「すげぇ～、ホントすげぇ～！」
ねぇね「この荷車になら、お荷物全部載せられそうだね」
　そんな会話をしている時でした。
目の前に突如、ワタシのステータス画面が出てきました。

　名前：アミ
　種族：人族
　性別：女
　年齢：５歳
　状態：栄養失調

魔法：【なし】

スキル：【想像創造】レベル2（2回／日）

どうやら、スキルのレベルアップをお知らせしてくれたみたいです。

（やった！　【想像創造】がレベル2になって、1日2回使えるようになった！）

今日は先程リアカーを出したので、あと1回、なにかを創り出せることになります。

（ていうか、何気に、ワタシのお名前、【アミ】に変わってるし……）

どうやらワタシのお名前は【アミ】で決定しちゃったみたいです。

（ま、まあ、とにかく今は、お引っ越ししちゃわないとね）

気持ちを切り替えて、3人でスラムのねぐらから完全撤退を開始するワタシ達なのでした。

荷物を満載したリアカーを引いて、スラムのねぐらからハンターギルドの裏庭の広場に戻ってきたワタシ達3人。

アルミ製のリアカーのノーパンクタイヤと車軸のベアリングがいい仕事をしてくれまして、おにぃひとりでも全然余裕でリアカーを引けました。

ちなみに5歳児のワタシは体力的にアレだったので、途中からリアカーに乗せてもらいました。

（ワタシを乗せたから、荷物の総重量的には100kg近くになったと思うんだよね。それでもおにぃひとりで引っ張ってこれるんだから、このリアカーは当たりだね）

そんなことを考えていると、

おにぃ「オレ達の新しいねぐらの場所、どこにする？」

ねぇね「私、あまり目立たないところがいい」

そんな会話が始まりました。

改めてハンターギルドの裏庭の広場を見渡してみると、手前には小石やちょっとした雑草が生えている程度の比較的整備されている場所があり、更にその奥には、背の高い雑草が生い茂っている場所が見えます。

それを見てひらめいたワタシは、
ワタシ「一番奥の背の高い草むらとの境目にしよう」

おにぃ「そんなに奥？　草むらが邪魔じゃない？」

ワタシ「草むらを利用して、目立たないように生活するので～す」

ねぇね「目立たないのは賛成～」

ということで、ハンターギルドの建物から一番遠い場所、２メートル近い背丈の雑草が生い茂る所の手前に陣取ることにしたワタシ達。

その理由は、ちょっと思いついたことがあったからです。

まずは、整備されている裏庭の広場の一番奥、草むらの手前ギリギリに、スラムのねぐらから持ってきたボロ布や木の板などを組み合わせて、テント（のように見えなくもないモノ）を建てます。

そして、そのテントの裏側、奥の背の高い草むらの雑草を踏み倒していき、子供ひとりが通れる道を作っていきます。

そして、草むらを5メートル程進んだら、そこに、更に5メートル四方程の広場を作っていきます。

（広場といっても、ただ雑草を踏み倒しているだけですけど……）

そんな感じで準備が出来たら、
（ここは仮住まいだから、移動できて、お家にできるモノ……よっし！　外国製の大きなキャンピングカーを【想像創造】！……ん？　あれ？　創れない？　それじゃあ、もっと小さなヤツで、軽トラベースのキャンピングカーを【想像創造】！　あれれ？　これもダメ？　それじゃあ今度は、軽のワゴン車を【想像創造】！　むむむっ？　これもダメか～　もうこの際、中古の安い軽のバンでいいから、【想像創造】！）

【サン〇ーバン　660　4WD　3AT　シルバー　走行距離15・5万キロ　148000円】

ワタシ「やったー！　やっと創れた！」
（【想像創造】って、創れるものとダメなモノがあるみたいだね。その差はなんだろう？　大きさかな？　それとも重さ？　でも、軽ワゴンと軽バンは大きさも重さもほぼ一緒だし……ん？　もしかしたら、お値段かな？　あんまりお高いモノは創れないのかな？　これは今後、検証してみる必要があるかも……）
　私がひとり物思いにふけっていると、ねぇねとおにぃが騒ぎ出しました。
おにぃ「な、なんだ？　これ」
ねぇね「なあに？　このキレイな銀色の鉄とピカピカのガラス窓？」
ワタシ「これは、またの名を『群馬《ぐんま》のポ〇シェ』と一部で呼ばれているかもしれない、リアエンジンの自動車。ワタシたちの新しいねぐら、軽《ケツ》パコです！」

ねぇね「ケッパコ？」
おにぃ「なんだ？　それ」
ワタシ「まあ、アレです。雨風しのげる移動可能なお家だと思ってね？　これはなんと、イザとなったら移動することができるんだよ？」
おにぃ「へぇ～、なんだか分かんないけど、ここに住めるのか？」
ワタシ「今からこれが、ワタシたちのお家なのです！」
ねぇね「やったー！　キレイなお家～！」

そんな感じで、スラムのねぐらからのお引っ越しは無事終了です。

ハンターギルドの裏庭の広場の一番奥で、草むらの手前のボロテントモドキで生活しているように見せかけて、実際はその更に奥の草むらの中、軽パコの中で生活するワタシ達なのです。

（とりあえず、一応、脱スラムできました！）　／(^o^)／

◆◇◆◇◆

引っ越しを終え、スラムのねぐらから持ってきた荷物を整理していると、時刻はお昼時を過ぎ、夕暮れちょっと前、そんな頃合いになりました。
ワタシ「お引っ越しも終わったし、ちょっと早いけど、ご飯を食べようよ」
おにぃ「そうだな。今日はいろいろあったから、いつもより腹減ったかも」
ワタシ「今日はスラムからの脱出記念に、特別に、奮発しちゃおうよ！」

ねぇね「賛成～！」
おにぃ「お～！」
ワタシ「ワタシ、ハンターギルドの食堂で、お食事してみたいな～」
ねぇね「え？　食堂でお食事？　私達、お食事させてもらえるの？」
おにぃ「大丈夫だろ。なんたってオレ達、ギルド会員になったんだぜ！」
ワタシ「そうで～す。きっと大丈夫で～す。それに、お金は余裕があるでしょ？」
おにぃ「えぇ～っと、今数えるから、ちょっと待ってくれ……えっと、小金貨1枚と小銀貨6枚と大銅貨1枚と銅貨7枚あるな」
（う～んと、合計で１０６１７リルかな？）
ワタシ「それだけあれば、きっと余裕だよね？　今日はお祝いに、ぱぁ～っと、いきましょう！」
ねぇね「そ、それもそうね。それじゃあ、食堂に行きましょうか」
　ということで、本日2回目のハンターギルド。
　でも向かう先は、入って右手奥のバーカウンターみたいな方です。
　時間がまだ夕方前ということもあるのか、その食事処的な場所の近辺には、お客さんは誰もいませんでした。
（ハンターギルド内全体でも、この時間、ほとんど人がいないね～）
　そんなことを思いながら3人でバーカウンターに近づいていくと、黒っぽいエプロンをかけた、顔にナナメに大きな傷をつけた強面の男性が声をかけてきました。
強面「よう、坊主ども。見かけない顔だが、新人か？」

おにぃ「は、はい。今日、登録したんです」

そう言って、首にかけた登録証を強面《こわもて》の男性に見せるおにぃ。

ねぇねとワタシも同じように登録証を見せます。

強面「登録ほやほやかぁ、頑張れよ。新人は歓迎するぜ」

ねぇね「あ、ありがとうございます」

強面「それで？　なにか注文するのか？」

おにぃ「はい。登録の記念に、なにか食べたいと思ってきました」

強面「そうかそうか。それじゃ、これがメニューだ」

そう言った強面さんからメニューを受け取ったおにぃですが、あまり字が読めないおにぃはそれをねぇねにスルーパス。

メニューを受け取ったねぇねは、

ねぇね「う～ん、メニューを見てもよく分からないかも……」

という結論になりました。

そこでワタシが、

ワタシ「あの、マスターさんでいいですか？」

強面「ん？　ああ、皆にはそう呼ばれている」

ワタシ「それではマスターさん、おすすめとか、ありますか？」

マスター「おすすめか？　まあ、日替わりメニューがおすすめだが。ちなみに、今日の日替わりは、ボアステーキセットだ」

ワタシ「おいくらですか？」
ねぇね「日替わりは5リルって、メニューに書いてあるよ」
マスター「そうだ。日替わりは5リルだな」
ワタシ「ねぇねとおにぃ、日替わりでいい？」
おにぃ「ああ、いいぜ」
ねぇね「私も」
ワタシ「それじゃあマスターさん、日替わりを３つ、お願いします」
マスター「ん？　おチビも１人前食べるつもりか？　かなり量が多いぞ？　というより、お前ら３人なら、２人前で十分だと思うぞ？」
ワタシ「２人前の注文でもいいんですか？」
マスター「ああ。残されるよりよっぽどましだ」
ワタシ「それじゃあ、日替わり２人前でお願いします」
マスター「それじゃ、10リル貰うぞ。料金前払いだ」
おにぃ「これで、お願いします」
ねぇね「します」
　こんな感じで初めての外食の注文を終えたワタシ達３人。
　カウンター近くのテーブル席に腰を下ろしてお食事が運ばれてくるのを待ちます。
（マスターさん、見た目と違ってとっても親切ですね〜。３人いるのに２人前の注文でいいだなんて。普通、利益にならないようなこと言わないよね）

そんなことを考えていた矢先、

マスター「お待ちどおさん」

早速、マスターさんがお料理を運んできてくれました。

（早っ。お料理メッチャ早っ）

ちゃんと3人分のお皿に分けられているお料理は、ステーキっぽいモノをメインに、サラダとスープ、そして見慣れた硬い黒パンがひとり2個付いていました。

（これで2人前？　物凄く量が多いんですけど……）

そんな感想を抱いているワタシをよそに、ねぇねとおにぃは既にガッツキ始めていました。

おにぃ「むぐむぐもぐもぐ」

ねぇね「もぐもぐはぐはぐ」

ワタシも負けじと食べ始めます。

（いただきます！）

ワタシ「あ～ん。はむはむもぐもぐ……」

（ん～！　おいしぃ～。お肉の脂が……、旨味が……）

初めて食べるステーキの味に、言葉では表現出来ない喜びを感じます。

硬いパンもスープに浸してやれば旨味を吸って柔らかくなり、なんとも幸せの味になります。

しばらく無言で食べ進めるワタシ達3人。

ワタシ「ぐすっ、はむはむ。ぐすん、もぐもぐ……」

ねぇねもおにぃも、そしてワタシも、目から自然と涙が零れ落ちていました。

食器がぶつかる音と、時折鼻をすする音だけが聞こえる欠食児達のモグモグタイム。

そんなガツガツとした上品さの欠片もないその食事風景は、少し離れたカウンターに戻った強面のマスターに見守られながら、しばらく続くのでした。

【第2章】✦ハンター活動とチーム結成

ハンターギルドの裏庭の広場、その一番奥の草むらにある新居の軽パコで一晩を明かしたワタシ達3人は、朝からハンターギルドに来ています。

その目的はズバリ、依頼を受けるためです。

ワタシ「うわぁ〜、人がいっぱいだね〜」

(朝一ですぐ来たのに、もう、人でごった返してるね〜)

朝、それなりに早い時間に来たつもりでしたが、ハンターギルド内は既にラッシュの様相です。

おにぃ「依頼は掲示板に張り出されてるらしいぜ」

ねぇね「私、怖くてそこまで行けないかも……」

ワタシ達3人の中で、唯一ちゃんと文字が読めるねぇね。

そのねぇねが掲示板に近寄れなければ、依頼の内容を知ることが出来ません。

怖がるねぇねを落ち着かせるため、一旦人ごみを避けてホールの隅っこへと移動するワタシ達3人。

そこでちょっとしたブリーフィング開始です。

ワタシ「依頼って、そもそも、どういうのがあるの?」

おにぃ「ハンターギルドは採取が主だろ？　植物を採ってくるとか、魔物や動物を捕ってくるとかだと思うぜ」

ねぇね「魔物は怖いよ～」
ワタシ「そうだよね～。魔物とかは遠慮したいよね～」
おにぃ「それじゃあ、薬草とかの採取か？」
ねぇね「それなら私でも出来るかも……」
ワタシ「でも、ふたりとも、どれが薬草とか、知ってるの？」
おにぃ「オレ、詳しくは知らないぞ？」
ねぇね「私もあまり詳しくないかも……」
（うわぁ～、出だしからつまずいてしまった感じです～。ワタシたちには、ハンターギルドでの仕事は無理なのかな～）

　とりあえず、もう少し情報が欲しいワタシは、話を続けます。

ワタシ「あの、そもそもなんだけどね？　依頼って、誰が出してるの？」
おにぃ「それはアレだろ？　町のお店とかだろ？」
ねぇね「病院とか、薬屋さんとか、教会が依頼を出すこともあるって、聞いたことがあるかも」
おにぃ「あとは、お偉いさんだろ？　お役人とか、お貴族様とか」
ねぇね「それは私達には関係ないヤツでしょ？」
おにぃ「まあな」
（う～ん、とりあえず、ワタシたちに関係しそうなのは、町のお店かな？　町のお店からの依頼となると、食べ物系の採取依頼なのかな？　そういうのって、競争率高そうだよね～。町のお店からの依頼で、ワタシたちしかできない依頼があればイイんだけど……ん？　それなら逆に、ワタシたちしか達成できない依頼を、町のお店から出してもらえばいいんじゃない？）
　そうひらめいたワタシは、ねぇねとおにぃに提案してみます。
ワタシ「ねぇね、おにぃ、昨日の優しいお店、ジョシュアさんとジェーンさんのお店に行きましょう」
おにぃ「ん？　また甘い蜜を売りに行くのか？」
ワタシ「いいえ、依頼を依頼しに行くんです」
おにぃ「は？　依頼を依頼？」
ねぇね「なんだか訳が分からないよ」
ワタシ「ワタシたちにしか達成できない依頼を、あのお店からハンターギルドに依頼してもらうんですよ！」
　ハンターギルドを出たワタシ達３人。
あのワタシ達に優しくしてくれるお店に行く道すがら、ワタシはねぇねとおにぃに今回の『依頼の依頼』の目的やその意義を語っておきます。
（ふたりにも、ちゃんと理解しておいてもらいたいですからね）
　そしてもう一つ重要なこと、
ワタシ「ふたりとも、ワタシのスキルについては、しゃべっちゃダメよ？」
ねぇね「もちろんよ」
おにぃ「え？　なんで？」
ワタシ「ワタシが危険だからです」

ねぇね「そうよ。こんなにちっちゃくてカワイイおチビちゃんが凄いモノを創り出すんだよ？　他の誰かに知られたら絶対にさらわれちゃうよ！」

おにぃ「そ、そうだよな、ごめん。全然考えてなかったよ、オレ」

ワタシ「ということで、あの創り出す能力はワタシたち３人の魔法的な何か、ワタシたち３人が力を合わせないとダメ、そういうことにしておいてね？」

おにぃ「分かった」

ねぇね「そうね、そうしておけば、おチビちゃんだけが狙われることはないでしょうからね」

　そんな会話をしつつ、やってきました、ワタシ達に優しくしてくれるお店、ジョシュアさんとジェーンさんのお店です。

　ここのところ、連日のように訪れています。

もう、常連と言ってもイイのではないのでしょうか。

おにぃ「なんだかオレ達、ほぼ毎日来てないか？　このお店」

ねぇね「看板に【ジョシュア雑貨店】って書いてあるよ」

　只今、ねぇねから貴重な情報がもたらされました。

そんな【ジョシュア雑貨店】に入っていくと、

ジェーン「あら、いらっしゃい」

ねぇね「こんにちは」

ジェーン「今日も蜜を持ってきたのかい？　あの蜜ならいつでも大歓迎だよ？」

　もう女将さんの中では、『ワタシ達＝蜜』ということになっているご様子です。

ワタシ「その蜜のことで、ちょっとご相談というか、お願いがあってやってきました」
ジェーン「お願い？」
ワタシ「実はワタシたち、このように、ハンターギルドに加入することができました」
そう言って、お女将さんにハンターギルドの登録証を見せるワタシ。
ねぇねとおにぃもワタシに倣《なら》って登録証を見せます。
すると、
ジェーン「あんた達ハンターギルドに？　やったじゃないの！」
笑顔で喜んでくれる女将さんです。
ワタシ「はい。ありがとうございます」
おにぃ「ありがとうございます」
ねぇね「ございます」
そんな会話をしていると、奥から店主のジョシュアさんもやってきました。
ジョシュア「そうか、君達、ハンターギルドに……スラムからなかなか抜け出せない人間が多いけど、君達は何とかなりそうだね」
（やっぱり優しくてイイ人たちですね～、このご夫婦）
ちょっぴり感動しながらも、お話を続けます。
ワタシ「それでですね、蜜のことなんですけど、ハンターギルドに依頼を出していただけませんか？」
ジェーン「ハンターギルドに？　蜜の依頼？」

ジョシュア「なるほど。その依頼を君達が受注する、ということかね？」

ワタシ「はいです。今まで通りワタシたちがこちらに直接売りに来たままだと、こちらのお店であの蜜の出所を大々的に公言できないと思うんです」

ワタシ「蜜は高級品ですよね？　万が一その出所がワタシたちのようなスラム関係者だと知られたら、最悪の場合、買い手がつかなくなる可能性もあるのかな？　と思ったのです。でも、ハンターギルドを通してやり取りすれば、こちらのお店としても、ハンターギルドから入手したと大っぴらに宣伝できるメリットがあると思うんです。ワタシたちもハンターギルドの依頼達成という実績が付きますし、ありがたいのですが。どうでしょうか、ダメでしょうか？」

ジョシュア「なるほど。蜜は高級品なだけに、その出所によっては買い手がつかなくなる可能性か……間にハンターギルドを挟むことで、出所をぼやけさせるってことか……うんうん、悪くない話だね。でも君達的にはちょっと損するかもしれないよ？」

ねぇね「損？」

ジョシュア「ああ。間にハンターギルドが入るから、手数料を持っていかれるよ？　それでもいいのかな？」

ワタシ「お金も大切ですけど、今のワタシたちは、まず、地位というか、実績というか、そういうモノが欲しいんです。ね？　ねぇね、おにぃ？」

おにぃ「そうです。ハンターギルドで実績を残して、まっとうに生きていると胸を張りたいんです」

ねぇね「私達がちゃんと自立しているという、目に見える証が欲しいんです」

道すがらお話しした今回のお話の意義。

それは、ワタシ達がこの町で、自分の居場所をつくること。

居場所とは、物理的なお家もそうですが、第三者、他人に認められる、ということ。

地位というか、立場というか、自己紹介が出来るなにかが欲しかったのです。

ハンターギルドで依頼をこなし、ちゃんと活動していることを誰かに認めてもらいたい。

自分達も、ハンターギルドで活動をしていると公言したい。

本当の意味でスラムから抜け出せたと言い切れるのは、きっと、そういうことだと思うんです。

ジョシュア「君達の話は分かった。こちらとしても問題はないね」

ワタシ「それじゃあ？」

ジョシュア「ああ。あの蜜が欲しい時は、ハンターギルドに依頼を出すことにしよう」

「「「ありがとうございます」」」

ジョシュア「でも、どう依頼を出そうか。ただ【蜜】とだけ書いても、君達の蜜じゃないモノが来てしまうかもしれないよね？」

ワタシ「それはですね、より細かく、名前を書いて欲しいと思っています」

ジョシュア「名前かい？」

ワタシ「はい。今回の蜜の場合、【ニホンセイ　はちみつ　ブレンディッド】みたいな感じで」

ジョシュア「なるほど、君達の蜜は【ニホンセイ　はちみつ　ブレンディッド】というんだね？」

ワタシ「そうです。こう書けば、ワタシたち以外は【ニホンセイ　はちみつ　ブレンディッド】がどんなものなのか知らないから、この依頼を受注しないと思うんです」

ワタシ「最悪、ワタシたち以外がこの依頼を受注したとしても、納品時に『モノが違う』と断れると思うんです」
ジョシュア「もっともだね。それでいこう」
ワタシ「ありがとうございます。それで、ついでと言ってはなんですけれど、蜜の他にご所望のモノはありませんか？　ワタシたち３人、蜜以外にも、いろいろご用意できると思うんです」
ジョシュア「蜜以外か～、どんなモノが用意出来るの？」
ワタシ「なんでも、とは言い切れませんが、ある程度ご要望にお応えできると思います。ワタシたちではどういうモノに需要があるのかわからないので、なにかご要望があればと思ったのですけど」
ジョシュア「需要だとか要望だとか、おチビちゃんは難しい言葉を知ってるんだね？　感心感心」
ワタシ「あ、ありがとうございます」
（ん？　話をそらされちゃった感じかな？　これは、蜜以外は商談不成立かな？）
そんなことを思い始めた時でした。
　女将さんが話に割って入ってきました。
ジェーン「ちょっといいかい？」
ワタシ「はいです」
ジェーン「あんた達３人、急に身ぎれいになったじゃない？」
ワタシ「はい。そこは気をつけるようにしました」
ジェーン「それでね、なんだかあんた達、キレイになってから、いい匂いがするんだよね。少し爽やかで甘いような？　花の香りを身にまとっているように思うんだけど、どうなの？」
ワタシ「あっ、それはたぶん、石鹸の匂いだと思います」
ジェーン「石鹸？　でも石鹸っていったら、ケモノの脂臭くないかい？」
ワタシ「ワタシたちの石鹸は、植物から作っているんで、いい匂いなんです」
ジェーン「そうなのかい？　出来れば、それを一度見せてくれないかい？」
ジョシュア「なるほど。蜜以外の商品として、その石鹸を検討してみようということかな？」
ジェーン「そういうことさね」
ワタシ「ありがとうございます。一度戻って、持ってきてもイイでしょうか？」
ジョシュア「もちろんだとも」
ジェーン「待ってるよ」
ワタシ「わかりました。今から持ってきます」
おにぃ「持ってきます」
ねぇね「きます」

　ということで、一旦失礼して、新居（軽パコ）に戻ってきたワタシ達3人。

ワタシ「ハンターギルドに依頼を出してくれそうでよかったね！」
おにぃ「そうだな。なんだかうまくいったな。蜜以外にも石鹸も依頼してくれるかもな」
ねぇね「石鹸ってアレでしょ？　体洗ったり、お洋服洗ったりしてる、いい匂いのアワアワのヤツ。アレも売れそうだよね？」
ワタシ「きっと売れるよ～、絶対売れるよ～！」

（やったー！　新商品のチャンスかも！　今日はまだ【想像創造】してないから……とりあえず今日は、はちみつと石鹸を1つずつ？　う〜ん、1個ずつじゃ効率悪いよね？　もっと、たくさん一気に創り出せないのかな〜。ん？　そうだ！　セットの商品なら、1回でたくさん創り出せるんじゃない？　よっし！　【想像創造】！）

【ハーブソープ　お歳暮ギフトセット　ローズ6個　ラベンダー6個　カモミール6個　２５００円】

ワタシ「やったー！　1回の【想像創造】で、たくさん石鹸を創ることができた〜！」
おにぃ「え？　これ全部石鹸か？」
ねぇね「わぁ〜、箱にいっぱい！」
ワタシ「これ、3種類あるから、それぞれ1つずつ持って、またあのお店に行こう！」
「「お〜！」」
　ということで、ジョシュア雑貨店にとんぼ返りなワタシ達3人。
　ハンターギルドからジョシュア雑貨店まで歩いて5分程と、比較的近くて助かりました。
（ワタシ、5歳児。体力的にギリギリです……）
ワタシ「すいませ〜ん、石鹸持ってきました〜」
ジェーン「おや？　早かったね、10分ちょっとしか経ってないんじゃない？」
ワタシ「はい。今、ハンターギルドから来たので」
ジェーン「ハンターギルドから？」

おにぃ「オレ達今、ハンターギルドの裏庭を借りて住んでいるんです」
ジェーン「そうかい、そうかい。本当にスラムから抜け出せたんだね」
ねぇね「これも、ジェーンさんのおかげです。今までも食べ物をいただいたり、本当にありがとうございます！」
ジェーン「そうかい。本当によかったね」
「「「はい」」」
　そんな会話の後、3種類の石鹸を見てもらいます。
ワタシ「石鹸はこれです。3種類あります。ローズの香りと、ラベンダーの香りと、カモミールです」
ジェーン「3種類も？　ちょっとアンタ、こっちへ来ておくれ」
ジョシュア「ん？　おや君達、早速石鹸を持ってきたのかな？」
ワタシ「はいです」
ジェーン「見ておくれよ、3種類もあるみたいなのよ」
ジョシュア「へ～、それは凄いね。試してみてもいいかな？」
ワタシ「もちろんです」
ジェーン「それは私が、やらせてもらうよ？」
　そんなやり取りの後……。
ジェーン「凄くイイ匂いだね～、それにこの泡立ち！　まるでお貴族様にでもなった気分だよ！」
ジョシュア「これは凄いね。ケモノ臭くない石鹸は初めてだ」

　そんなテストが３回繰り返され……。

ジェーン「アンタ、これは買いだよ！　間違いなく売れるね」

ジョシュア「ああ、もちろんだ。とりあえず、この３つはこちらで買い取っていいのかな？」

ワタシ「え？　お試しのヤツなのに、買い取ってくれるんですか？」

ジョシュア「もちろんだとも。値段はそうだね～、１つ１００リル、３つで３００リルでどうかな？」

ワタシ「ありがとうございます！」

おにぃ「それで、お願いします！」

ねぇね「します」

　石鹸１つで１００リル、大体１００ドルぐらいと考えると、１２０００～１４０００円ぐらいでしょうか。

（高っ、石鹸メッチャ高く売れました！　ケモノ臭いという、普通に出回っている石鹸より、かなり高級品として扱われるんでしょうね？　きっと。まあ、普通の石鹸、ワタシは見たことないですけどね）

ジョシュア「それと、これもハンターギルドへ依頼してもいいのかな？」

ワタシ「はい。依頼する時は【ニホンセイ　ローズ石鹸】【ニホンセイ　ラベンダー石鹸】【ニホンセイ　カモミール石鹸】でお願いします」

「「お願いします！」」

　ということで、今後のワタシ達の商売は、ハンターギルドの依頼という形で行われることになりました。
お金も稼げて依頼達成の実績も積めます。
ありがたいことです。
そしてワタシ達の今現在の所持金は１０９０７リル。
小金貨1枚と小銀貨9枚と銅貨7枚。
順調、順調なのでした。

◆◇◆◇◆

商談が終わった帰り際、ワタシは町のことに詳しそうな女将さんに質問してみました。
ワタシ「女将さん、ちょっとお聞きしたいことがあるんですけど、いいですか？」
ジェーン「ん？　おチビちゃん、なんだい？」
ワタシ「あの、ワタシたちでも着られるお洋服を扱っているお店を教えていただけませんか？　ハンターらしい服装をしてみようと思ってまして」
ジェーン「洋服？　ハンターらしい子供服かい？　そうだねぇ〜……」
こんな感じで教えてもらったのは、【マリー服飾店】。
【ジョシュア雑貨店】から歩いて1分程のご近所さんでした。
（今、ワタシたち、お金はソコソコ持ってますし、住居の心配もありません。だからもう少し、お洋服にバリエーションを増やしてもいいですよね）

　ということで、お洋服を買いに【マリー服飾店】に来たのですが、入店早々、
ワタシ「こんにちは～」
おにぃ「ちは～」
ねぇね「お、お邪魔します」
店員「いらっしゃいませ～って、子供だけ？　あなた達、親御さんは？」
ねぇね「えっと、親は、いません」
店員「は？　まさか、孤児なの？　身分証は？　ウチの店は身分証なしには商売しないよ」
おにぃ「こ、これ、ハンターギルドの登録証」
　そう言って胸元からドッグタグのような登録証を見せるおにぃ。
　ねぇねとワタシもおにぃに倣います。
店員「ふぅ～ん。1級のハンターねぇ～。身分証があるなら、まあいいわ。それで？　なにが欲しいのかしら？」
ワタシ「ワタシたち、ハンターギルドで採取のお仕事とかをするので、活動しやすいお洋服が欲しいです。できれば、タイプの違うモノを、ひとり3着ずつ欲しいと思っています」
店員「ひとり3着？　あんた達、お金あるの？　洋服の値段、知ってるの？」
おにぃ「か、金なら持ってます」
　そう言って、おにぃは小金貨を1枚、懐から取り出して見せます。
店員「え？　嘘っ！　金貨？　それ、小金貨？」
ワタシ「そうです。だからお金は大丈夫です。お洋服売ってくれますか？」

店員「え？　ええ。もちろんですとも。お客さんですものね？」
おにぃが小金貨を見せたとたん、口調が変わった店員の女性。
（おぉ～、見事なまでの手のひら返し。なんだかコントみたいだね）
その後、その女性店員さんは、いそいそと店内をかけずり回り、ワタシ達３人のお洋服を各々３種類用意してくれました。
店員「先程のご要望通り、３人に３種類、計９セットご用意してみました。いかがでしょう？」
丁寧な口調になった女性店員さんが用意してくれたお洋服は、ちゃんとワタシの言った要望の通りにタイプを分けてくれたみたいで、町中用、軽作業用、汚れ作業用、そんな感じになっています。
（やればできるじゃないですか～。はじめからそうしてくれていれば、もっと印象が良かったのに～）
そんなことを思っていると、
ねぇね「お値段は、おいくらになりますか？」
店員「はい。９セット合計で、１３５０リルになります」
（９セットで１３５０リル、ということは、１セット平均、１５０リルですか。１５０リルが１５０ドルぐらいだから、１８０００～２１０００円ぐらい？　高いな～、相変わらずお洋服は高いよね～。まあ、必要経費だと思って、納得するしかないでしょう）
ワタシ「ねぇね、おにぃ、買ってもイイよね？」
おにぃ「おチビがイイなら、オレはイイぜ」
ねぇね「私、こんなキレイなお洋服、ずっと欲しかったの」

ワタシ「じゃあ、買いましょう！」

店員「ありがとうございます」

　おにぃが小金貨１枚を支払い、お釣りに大銀貨８枚と小銀貨６枚と大銅貨５枚を受け取ります。

　更に、購入したお洋服の半分をおにぃが持ち、残りの半分をねぇねとワタシで受け取ります。

ワタシ「ワタシたちみたいな子供には勿体ない、素敵なお洋服、ありがとうございました。こちらのお店での、最初で最後のお買い物になるでしょうから、思い出としてよく覚えておくことにします」

　本当は『最初の態度が悪かったので、もう二度とこの店でお買い物はしません』と、はっきり啖《たん》呵《か》を切りたかったワタシ。

　けれど、おチビなワタシがオトナの女性に面と向かって言えるのは、この程度の皮肉がせいぜい。

店員「え？　それはどういう……」

　女性店員さんが何かを言い終える前に、つくり笑顔でそそくさとお店を後にしたワタシ達３人なのでした。

　その後、ハンターギルドの裏庭のお家に帰る途中、靴屋さんらしきお店を見つけたので、そこで３人分のちゃんとした靴を購入したのですが、ワタシ達３人に対する反応は先程のお洋服屋さんとほぼ同じ。

　最初は邪険にあしらわれそうになり、身分証を見せて納得してもらい、お金をチラ見せして、やっとお客さん扱いになりました。

　丈夫そうな靴３人分の代金として小銀貨６枚を支払い、その場で靴は履き替えました。

これが親がいない子供のお買い物のリアル。
一般のお店では、『子供だけ＝信用がない』という扱いになることが如実に感じられました。
（ワタシたちが汚い格好のままだったら、絶対お店に入れてもらえなかっただろうな～）
ワタシ「町でお買い物すると、ジェーンさんとジョシュアさんが特別に優しいんだって、とってもよくわかったね」
ねぇね「そうなの！　ジェーンさんは、困っている時、助けてくれたの。本当に優しいの！」
おにぃ「いつか、恩返し、出来るといいよな」
ワタシ「そうだね」
ねぇね「私、絶対する！」
脱スラムを成したワタシ達３人に、新たな目標が出来たのでした。

◆◇◆◇◆

ハンターギルドの裏庭のお家、軽パコに戻ってきたワタシ達３人。
買ってきたお洋服などの荷物を軽パコの助手席スペースにおいて、しばらく休憩です。
おにぃ「これからどうする？」
ねぇね「もう、ジョシュア雑貨店からの依頼、出てるかな」
ワタシ「そんなに早くは出せないよ……ワタシ、ちょっと……眠くなって……」
５歳児でおチビなワタシには、今日の午前中の活動だけで、体力的にいっぱいいっぱい。

ちょっとお昼寝タイムが必要なのでした。

そしてワタシがお昼寝から目が覚めた時、時刻は夕方よりちょっと前、そんな感じでした。

ワタシ「……あ、寝ちゃってた……ごめんね？」

ねぇね「ん？　起きたの？　大丈夫よ？」

おにぃ「そうだぞ。おチビはまだ小さいんだから、もっと寝ててもいいんだぞ？」

ワタシ「大丈夫……起きます。ねぇね、おにぃ、とりあえず、ハンターギルドに行かない？　今の時間なら、すいてると思うよ？」

ねぇね「そうね、今なら依頼の掲示版をちゃんと見られるかも」

おにぃ「今日の分の広場の使用料とかも、払わないとだしな」

ワタシ「ついでにご飯も食べちゃおうよ」

「「お～！」」

そんな会話の後、ワタシ達３人はハンターギルドに入ります。

まずは、朝、ラッシュで見られなかった掲示板に向かいます。

ワタシ「ねぇね、掲示板の文字、読んで」

おにぃ「オレ達が出来そうなヤツだけでいいぞ」

ねぇね「分かった……う～ん、こっちは、魔獣の素材で、こっちは動物のお肉で……ここから左が、植物とかの採取の依頼みたい。それで……まだジョシュア雑貨店の依頼は来てないみたい」

おにぃ「そっか～」

ワタシ「まあ、今日お話ししたばかりだもんね。しょうがないよ」

ねぇね「そうね」
　ということで、今度は裏庭の広場の使用料を払いに、受付に行きます。
おにぃ「すいません、オレ達1級で、昨日から裏庭の広場借りてるんですけど、今日も借りたいんです」
受付嬢「ん？　はいはい。昨日登録した子達ね？」
おにぃ「そうです」
受付嬢「それじゃあ、3人で3リル、いいかしら？」
ワタシ「あの、すいません。10日分とか、一気に支払うのはアリですか？」
受付嬢「もちろんかまわないわよ？　でもあなた達、お金は大丈夫なの？」
おにぃ「大丈夫です」
　ということで、10日分で30リル、大銅貨3枚を支払ったワタシ達。
　この時点で残金は8927リル、大銀貨8枚と小銀貨9枚と大銅貨2枚と銅貨7枚になりました。
（今日はお洋服とか靴とか、出費が多かったけど、まだお金は大丈夫そうだね）
　そんなことを思っていると、受付のお姉さんがワタシ達に問いかけてきました。
受付嬢「あなた達は、3人でずっと行動するのかしら？」
おにぃ「そのつもりです」
受付嬢「それなら、チームを結成しておいた方が、便利でお得よ？」
ねぇね「チーム？」
受付嬢「そう。依頼をチームで受けると、個人で依頼を受けるより、ひとりひとりが得られる功績値がお得になるの。それにチーム全員に均等に功績値が振り分けられるから、昇級が一緒に出来たり……ああでも、12歳になるまでは1級のままだから、そこは理解してね？」

　最後はおチビなワタシ向けのお言葉みたいです。

（まあ、12歳以下は試用期間なんでしょうから、しょうがないですよね）

おにぃ「チームにするには、どうすればいいんですか？」

ねぇね「お金がかかったりするんですか？」

受付嬢「チーム申請用紙に必要事項を記入して提出すれば終わりよ？　お金もかからないわ」

おにぃ「それじゃあ、お願いします」

　例によって、申請用紙は読み書きが出来るねぇねが受け取ります。

ねぇね「チーム名と構成員全員の名前、あとは、主な従事業務だって。どうする？」

おにぃ「従事業務？」

ワタシ「それは、とりあえず、採取でいいんじゃないの？」

おにぃ「そうだな」

ねぇね「それで、チーム名はどうするの？」

（あれ？　ねぇねってば、ワタシのお名前の時は独断先行でちゃっちゃと決めちゃったのに、チーム名はみんなの意見を聞くんだ……よし、それじゃあ、ワタシのお名前のリベンジで、チーム名はワタシが良い案を出しちゃうぞ～）

　そんなこんなで、

ワタシ「『出世』なんて、どうかな？」

ねぇね「シュッセ?」

(ん? ねぇねの発音、アクセントが前寄りで、ちょっと変に聞こえるけど、まあいいか)

ワタシ「そう、『出世』。高い地位になって世に認められる、そんな意味なの」

おにぃ「おぉ〜、なんだかオレ達の今の目標、そんな感じだな」

ねぇね「『シュッセ』、響きもイイし、いい名前だと思うわ。じゃあ、申請用紙に書いちゃうね」

早速申請用紙を書き上げたねぇね。

それをおにぃが一旦受け取り、受付のお姉さんに提出します。

おにぃ「オレ達のチーム、『シュッセ』で登録お願いします」

受付嬢「『シュッセ』ね? なんだか良い響きね」

ねぇね同様、おにぃも受付のお姉さんも、『シュッセ』のアクセントが前寄りでした。

どうやらこの国の言葉遣い的にそうなっちゃうみたいです。

(ワタシ的には、日本語の『出世』じゃなくて、別の外国語を聞いてるみたいに感じるね。でもなんだか逆にカッコいいかも!)

ということで、ワタシ達のチーム名は『シュッセ』に決まりました。

これでハンターギルドでやるべきことは終わりです。

ワタシ「今日もお食事食べてく?」

「「もちろん!」」

ということで、昨日と同様、食堂に向かいます。

3人でバーカウンターの方へ向かおうとした時、人がほとんどいない時間帯だったのが良かったのか悪かったのか、今までのワタシ達のやり取りをずっと聞いていた人物が話しかけてきました。

マスター「よう、坊主ども。いや、今日からは『シュッセ』と呼んだ方がいいのか？　今日も日替わりでいいか？」

　まさか聞かれているとは思っていなかったワタシ達は、固まってしまいました。

マスター「ハッハッハ。悪ぃ悪ぃ。お前らの話、全部聞こえちまってたわ～」

　ちょっとからかい気味の口調な強面マスター。

おにぃ「きょ、今日も、日替わり2人前、お、お願いしまっす！」

「「しまっす！」」

　今日の日替わりメニューの内容を確認する余裕もなく、ワタシ達3人は顔を真っ赤にして、昨日と同じテーブル席につくのでした。

◆◇◆◇◆

　翌朝、朝一は混み合うので、ちょっと遅めにハンターギルドに来たワタシ達3人。

ねぇね「あった～！　【ジョシュア雑貨店】の依頼、見つけたよ～！」

　あまり人がいないスキに掲示板に近づき、早速お目当ての依頼を見つけました。

おにぃ「なんて書いてあるんだ？」

ねぇね「えっとね～……」

　常設依頼

依頼主：【ジョシュア雑貨店】店主　ジョシュア
依頼内容：以下のモノを以下の対価で求む
【ニホンセイ　はちみつ　ブレンディッド】1gあたり2リル（容器は要相談）
【ニホンセイ　ローズ石鹸】1個あたり100リル
【ニホンセイ　ラベンダー石鹸】1個あたり100リル
【ニホンセイ　カモミール石鹸】1個あたり100リル
納品場所：【ジョシュア雑貨店】
納期：随時（入手出来たモノがあれば、その都度納品場所へ納品してください）

ねぇね「……って書いてあるよ」
ワタシ「よかった～。はちみつだけじゃなくて、ちゃんと石鹸も依頼されてる～」
おにぃ「やったな！　でも、常設依頼ってなんだろうな？」
ねぇね「ずっと依頼が続くってことかな？」
ワタシ「わからないことは、受付さんに聞いてみようよ」
「「おー！」」
　ということで、いつもの受付のお姉さんがいる窓口にやって来たワタシ達3人。
受付嬢「『シュッセ』の皆さん、いらっしゃい」
「「「おはようございます」」」
受付嬢「早速だけど、常設依頼の説明でいいかしら？」
おにぃ「お、お願いします」

人が少なかったこともあり、掲示板付近でのワタシ達の会話は受付のお姉さんに筒抜けだったらしく、窓口に着いて早々、説明してくれました。

受付嬢「まずは最初に、依頼の種類から説明するわね？　依頼は大雑把《ざっぱ》に分けると3つになるのかな？　普通の依頼、指名依頼、常設依頼、大きく分けるとこんな感じかな？　普通の依頼は、期限とか条件とかがあって、窓口で依頼の受注処理をしてから仕事を始めるタイプね。依頼の受注処理は、掲示板の依頼書をはがして窓口に持ってきて、申込手続きをするの」

ねぇね「へぇー」

受付嬢「指名依頼は、特定の個人やチームが名指しされている依頼で、これも窓口で依頼の受注処理をしてから仕事を始めるの。受注処理は普通の依頼と同じで、掲示板の依頼書をはがして窓口に持ってきて、申込手続きをすることになるわ。まあ、指名依頼の場合は、事前にこちらから声をかけさせてもらうことの方が多いけれどね」

おにぃ「指名か～。すげぇ～な～」

受付嬢「そして常設依頼は、その名の通り、継続的に求められている依頼のことね。常設依頼は、窓口で依頼の受注処理しなくても、いつでも仕事を始めていいの」

ワタシ「なにも手続きしなくて、すぐに始めちゃっていいんですか？」

受付嬢「ええ。完了報告書や納品報告書といった、終わったと証明出来るものを窓口に提出すれば、その場で依頼完了手続きが出来る依頼なの」

ワタシ「簡単でイイですね！」

（ふぅ～ん。普通の依頼は、掲示板から依頼書をはがすタイミングで、誰が受注したのかバレるよね？　でも常設依頼は窓口で完了報告だけになるから、バレにくいかも……うん！　これは、目立たずコソコソやりたいワタシたちにとって、かなりありがたいかも！）

受付嬢「あ、そうそう。常設依頼が終わったら、ちゃんと魔力証明付きの報告書をもらってきてね？」

ワタシ「魔力証明？」

受付嬢「魔力証明を付けると、魔力を通した本人以外修正出来なくなるの。だから、偽造防止になるのよ？」

ワタシ「わかりました。いろいろ説明ありがとうございました。早速、行ってきます」

「「ありがとうございました」」

ということで、早速納品に向かうワタシ達３人。

昨夜、２回目の【想像創造】で出しておいた、

【はちみつ　ブレンディッド　１２００g　４８００円】

それと、昨日の1回目の【想像創造】で出した、

【ハーブソープ お歳暮ギフトセット ローズ6個 ラベンダー6個 カモミール6個 ２５００円】

の残り、【ローズ石鹸】【ラベンダー石鹸】【カモミール石鹸】各々5個ずつを持って、ジョシュア雑貨店に向けて出発です。

「「「こんにちは～」」」

ジェーン「あら、こんにちは。今日は早いね～」

ジョシュア「やあ、いらっしゃい。早速、納品に来てくれたのかい？」

おにぃ「はい」
ワタシ「あの、常設依頼にしてくれて、ありがとうございます。常設だと、周りにバレずにコッソリ依頼をこなせるので、とてもありがたいです」
ジェーン「ん？　どういうこと？」
ジョシュア「私はただ、何度も依頼をかけるのが面倒だったから常設依頼にしただけなんだけど？」
ワタシ「え？　そうだったんですね？　てっきり、依頼の受注受付をしなくてもいいように、気をつかってくれたのかと……」
ジョシュア「ごめんごめん。私はハンターギルドの細かい手続きは知らないんだよ」
ワタシ「いいえ、でも、結果的に助かりました。ありがとうございます」
ジョシュア「そうかそうか。まあ意図しなかったことだけど、結果的に君達に恩恵があってよかったよ。それじゃあ、早速、品物を見せてもらえるかな？」
おにぃ「はい。お願いします」
ねぇね「します」
……
ジェーン「【ニホンセイ　ローズ石鹸】【ニホンセイ　ラベンダー石鹸】【ニホンセイ　カモミール石鹸】全部５個ずつだね？」
ワタシ「はい、そうです」
ジョシュア「【ニホンセイ　はちみつ　ブレンディッド】が１２００ｇ。ガラスの器は高額だから、依頼書にはあえて金額は書かなかったけど、これ、器はどうする？　前と同じ値段になるけど、こちらで買い取ってもいいのかな？」
ワタシ「そうしてもらえると、ありがたいです」
ジョシュア「分かった。それじゃあ、器も含めて全て買い取らせてもらうということで……」
【ニホンセイ　はちみつ　ブレンディッド　１２００ｇ】がガラスビンも込みで、１２４００リル。
【ニホンセイ　ローズ石鹸】【ニホンセイ　ラベンダー石鹸】【ニホンセイ　カモミール石鹸】の３種類が5個ずつで、１５００リル。
　合計で、１３９００リルになりました。
（ワタシの価値観だと、１３９００ドルぐらいだから……、１６６８０００〜１９４６０００円ぐらい？　凄い金額だね！）
　ワタシが頭の中でそんな金勘定をしていると、
ジョシュア「ちょっと確認をしておきたいんだけど、いいかい？」
ワタシ「はい、なんでしょう」
ジョシュア「これは、どのくらいのペースでどのくらいの量を納品出来るのかな？」
ワタシ「えっと、とりあえず、今日ぐらいの量なら、毎日お届けできます」
ジェーン「あら、毎日？　凄いわねぇ〜」
ジョシュア「それはありがたい。実は早速、大口の顧客に売り込みをかけていてね。場合によっては一気に需要が増えるかもしれないんだよ」
ワタシ「大口ですか？」

ジョシュア「ああ。ここだけの話だがね？　ここの領主館に売り込んでいるのさ」
ワタシ「領主館？　それって……」
ジョシュア「ご領主様が住んでいる館のことさ。そこで働いてる職員はお金持ちが多いからね」
ジェーン「なによりご領主様、お貴族様のお目に留まれば、それはもう凄いことになるだろうね！」
「「お貴族様！」」
ジェーン「まあ、うまくいけばの話さ」
ジョシュア「儲けることだけを考えれば、教会に売り込むのが一番なんだろうけどね。でもいくらお金を積まれても、教会にだけは持ち込む気にはなれないんだよね。神様じゃなくてお金を崇《あが》めていそうな連中なんて、願い下げだからね」
ジェーン「ホントだよ。お布施や寄付という名目で、あちこちで強請《ゆす》りや集《たか》りまがいのことをやりたい放題。神様の名を出せば何でも許されると思っているんだからね～、アイツら。あんな強欲な輩が聖職者だなんて、世も末だよ」
おにぃ「教会……」
（よよ？　この町の教会は、嫌われているのかな？　ジョシュアさんとジェーンさんのお話からすると、教会のひとはお金が大好きなのかな？　それに、おにぃもなんだか顔色が変わったみたいな……）
ジョシュア「まあ、教会のことは置いておいて、出来る限りでいいんで、なるべく多く納品してくれるとありがたいよ」

ワタシ「わ、わかりました」
ジョシュア「それじゃあ、はい。これが納品報告書。確認してね？」
そう言ってジョシュアさんが差し出してきたのは、キレイな縁取り模様がされた、ワタシの顔の大きさ程の厚紙。
(小さいけど、なんだか小学校の卒業証書みたいかも……)
ここはもちろん、ねぇねの出番。
その厚紙はおにぃが一旦受け取りますが、そのままねぇねにスルーパスです。
ねぇね「【ジョシュア雑貨店】常設依頼　納品完了報告書。下記の通り納品があったことを証明します……」
ジョシュア「その納品報告書をハンターギルドの受付に提出すれば、その場で料金を受け取れるはずだよ」
ねぇね「これは、魔力証明付きですか？」
ジョシュア「もちろんさ。偽造出来ないようになっているから安心してくれ」
ワタシ「ありがとうございました。また明日もこの時間ぐらいに来ますので、よろしくお願いします」
「「します」」
そうして、お店をお暇《いとま》したワタシ達3人なのでした。

◆◇◆◇◆

30分もしないうちに、再度ハンターギルドの受付に戻ってきたワタシ達3人。

受付のお姉さんに訝《いぶか》しがられてしまいました。

受付嬢「あら？　『シュッセ』の3人じゃない。どうしたの？　またなにか聞きたいことでも？」

おにぃ「違います。こ、これをお願いします」

そう言っておにぃが提出したのは、先程ジョシュアさんから受け取った厚紙、納品報告書です。

受付嬢「え？　もう終わったの？」

おにぃ「はい」

受付嬢「そう。それじゃあ、確認させてもらいますね？」

そう言って、受け取った納品報告書をチェックしはじめた受付のお姉さん。

おチビなワタシからはあまりよく見えませんが、ただ読むだけではなく、なにやらいろいろやっているみたいです。

（きっと、魔力証明付きかどうか、チェックしてるんだろうな〜）

そんなことを思いながら、待つこと暫《しば》し。

受付嬢「依頼完了が確認されました。初依頼達成ですね？　おめでとうございます」

「「ありがとうございます」」

受付嬢「それでは報酬の支払い手続きに移りたいと思います」

おにぃ「お、お願いします」

受付嬢「まずは、控除金について説明しますね？」

ねぇね「コウジョキン？」

受付嬢「はい。報酬から引かれるお金のことです」

おにぃ「引かれる？」

受付嬢「はい。まずは、税金として、報酬額の1割が引かれます。そしてハンターギルドの手数料として、報酬額の1割が引かれます。合計で、報酬額の2割が引かれることになります」

ねぇね「2割……」

受付嬢「それで、残りを依頼達成金としてお支払いするのですけど、現金で受け取りますか？　れとも預入にしますか？」

ねぇね「アズケイレ？」

受付嬢「現金を持ち歩くのが不安、という人のために、ハンターギルドがお金を預かる仕組みのことですね。人預入と、チーム預入の2種類あります」

ワタシ「それって、例えば、チームと、個人3人、合計で4つに分けて預入することはできますか？」

受付嬢「大丈夫ですよ。ただ、チーム名で登録した預入から出金する場合、チーム構成員全員の立ち合いが必要になるので、その点だけ注意してくださいね？」

ワタシ「わかりました。ありがとうございます。ということで、ねぇね、おにぃ。チームとねぇねとおにぃとワタシ、この4つに分けて、依頼のお金を預入したいと思うの。どうかな？」

ねぇね「え？　なんでそんなことするの？」
おにぃ「訳分からね～」
ワタシ「理由は、今後のため、かな？」
ねぇね「今後？　今まで通り一緒じゃダメなの？」
ワタシ「もちろん、一緒のところは一緒だよ？　だから、そこはチームの預入を使うの。それでね？　これからは、個人で欲しいモノとか、いろいろ出てくると思うの。だからね？　将来のそういうのに備えて、今から個人で預入を持っておいた方がいいと思うの」
ねぇね「将来？」
ワタシ「そう。未来の自分のために、お金をためておくの。どうかな？」
おにぃ「よく分からないけど、オレはおチビの言う通りでいいよ」
ねぇね「私もそれでいい」
ワタシ「ということなので受付さん、４分割して預入で、お願いします」
「「お願いします」」
受付嬢「承りました。それでは、ギルド証をお預かりしますね？」
　ということで、税金と手数料が引かれた依頼達成金１１１２０リル。
　それを、チームと、ねぇねとおにぃとワタシの個人の４つに分けて預入、各々に２７８０リルが分配されました。
　ワタシ達３人の活動資金はチームから支払うことにして、今後しばらく個人の預入は手付かずのまま放置。

将来のイザという時のために貯めておくことにします。

そういえばと、受付のお姉さんを見上げるワタシ。

このお姉さん、ワタシ達が受けた依頼の名前とか、報酬の金額とか、一切口に出していませんでした。

（凄い！　情報の漏洩管理、ちゃんとしてるかも！　この受付のお姉さん、プロだね！　でもできれば昨日のアレも、どうにかしてほしかったけど……）

昨日、ワタシ達のチーム名がフロア全体に筒抜けだったことを思い出し、受付のお姉さんのメリハリのある？　情報管理に、ちょっと苦笑いなワタシなのでした。

◆◇◆◇◆

ワタシ達３人は、今、ハンターギルドの裏庭の広場、その一番奥の草むらにある新居の軽パコに戻ってきました。

朝から【ジョシュア雑貨店】の常設依頼を確認し、納品して完了手続きも終えて初の依頼達成、お金もゲット出来ました。

そんな感じで一仕事終えたワタシ達３人ですが、時間はまだまだ午前中。

完全に手持ち無沙汰になってしまいました。

（これから毎日、こんな感じのスケジュールになるはずだから、なにかやることを考えておきたいよね～）

　ということで、ワタシが前世を思い出してから、最もあこがれているアレ、そう、魔法を使ってみたいと思います。

ワタシ「ねぇね、おにぃ、ワタシ、魔法を使ってみたいんだけど」

おにぃ「魔法？」

ねぇね「おチビちゃんはどんな魔法属性なの？」

ワタシ「魔法属性？」

おにぃ「ステータスに表示されるだろ？」

　ということで、再度ワタシのステータスをチェックです。

　名前：アミ
　種族：人族
　性別：女
　年齢：５歳
　状態：栄養失調
　魔法：【なし】
　スキル：【想像創造】レベル２（２回／日）

ワタシ「うんとね～、魔法：【なし】って書いてある」

ねぇね「え？　なし？」

おにぃ「あ～、残念だけど、そりゃダメだ」

ねぇね「なしだとね、魔法は使えないの」

ワタシ「やっぱり……」
　薄々、というか、ちゃんと分かっていましたとも。
魔法：【なし】って書いてあって、なんらかの魔法が使えたら、逆に驚きです。
　ということで、素直に認めてさっさと気分を切り替えます。
ワタシ「それじゃあ、ふたりの魔法を見せてほしいな？」
ねぇね「いいわよ。私の魔法属性は水なんだ」
　そう言ってねぇねが手をかざすと、水がじょろじょろと出てきました。
ねぇね「なんだか今日は調子がイイみたい。いつも、ちょっとお水を出すだけでクタクタだったけど、今日はへっちゃら！」
（何気に凄いですよね、ホント魔法って不思議～。それにしても、今日は調子がイイですか～。もしかして、最近ちゃんとお食事をしているからかな？）
　そんな感想を抱きつつ、ねぇねにいろいろ質問してみます。
ワタシ「お水を球体にして浮かせたりはできる？」
ねぇね「え？　球体？　浮かせるの？」
ワタシ「そうそう。できる？」
ねぇね「水魔法って、お水を出すだけだと思ってたけど……ちょっと試してみる……」
……
ねぇね「あ、出来た！」
　ワタシの目の前にはフヨフヨと浮かぶ、ソフトボールぐらいの水球。

　水魔法はお水をいろいろコントロール出来るみたいです。

ワタシ「それじゃあ、あそこにおいてあるお鍋あるでしょ？　あのお鍋をこのお水で覆ってしまうことはできる？」

ねぇね「覆うの？　このお水の量だと、お鍋全体は入らないよ？」

ワタシ「こう、お鍋を薄いお水の膜で覆っちゃうみたいな？　そんな感じなんだけど、できないかな？」

ねぇね「薄い膜？　ちょっと試してみる……」

……

ねぇね「あ、出来た！」

ワタシ「凄いね！　それじゃあ、その薄い膜で、お鍋の表面から汚れを浮かせるみたいなことはどうかな？」

ねぇね「お鍋の表面の汚れを……」

……

ねぇね「で、出来ちゃった」

ワタシ「わぁ～上手上手！　それじゃあ、最後。そのお水を汚れも一緒にお鍋から離れさせることはできる？」

ねぇね「お鍋から……」

……

ねぇね「やった！　出来た！」

ワタシ「凄い凄い！　ねぇね、魔法上手だね！」
ワタシの目の前には、どす黒く不透明になった水球が浮いています。
そしてお鍋の方はというと、ピッカピカとまではいきませんが、目立った汚れは見当たりません。
(元がボロボロのお鍋ですから新品同様とまではいかないでしょうけど、それでも凄いですね～)
ワタシ「これなら、ねぇねの水魔法で、お洗濯とか、いろいろできちゃいそうだね！」
ねぇね「え？　お洗濯？　そ、そうか、水魔法でそういうことも出来るんだ……」
ワタシ「もっといろいろ考えたり訓練したりすれば、凄いことができるようになるかもしれないね？」
ねぇね「水魔法でこんなこと出来るなんて思ってなかった！　楽し～い！　私、いろいろ試してみる！」
　ニコニコ笑顔で自主練を始めたねぇね。
　ワタシとおにぃは、その場をそっと離れ、草むらから出て広場へ移動するのでした。

◆◇◆◇◆

　ねぇねの次は、おにぃの番です。
ワタシ「おにぃはどんな魔法が使えるの？」
おにぃ「オレは火魔法と、あと風が少し使える程度かな」
ワタシ「火と風なの？」

おにぃ「まあ、風はそよ風程度で大したこと出来ないけどな」
ワタシ「そうなの？　でも、いろいろ見せてね？」
おにぃ「ああ、いいぜ」
ワタシ「それじゃあ、まず、火を見せて？　ここ広場だから、火が燃え広がる心配はないよね？」
おにぃ「そうだな。それじゃあ、ほいよ」
　おにぃの指先から、小さな火が飛び出して、ロウソクの火のように揺らめいています。
おにぃ「お？　なんだか調子がイイぞ？　全然疲れないや」
（ん？　ねぇねに続いておにぃも調子がイイ？　やっぱり、最近栄養のある食事をしているからかな？）
ワタシ「おにぃも凄いね！　でもそれ、指先熱くないの？」
おにぃ「ああ。自分で出した魔法の火は熱くないから、大丈夫だぞ」
（へぇー、火魔法を使っている本人は熱くないんだ）
ワタシ「凄いね！　それじゃあ、その火を細く長く大きくすることはできる？」
おにぃ「ん？　細く長く？　ん～ん」
……
おにぃ「こうか？」
　ロウソクの火ぐらいだった小さな火が、野球のバットぐらいの大きさの火になりました。
ワタシ「わぁ～！　いい感じいい感じ。それで、その状態の火でも、おにぃは触れる？」
おにぃ「ああ。オレは熱くないから、触れるぞ」

ワタシ「それじゃあ、持つことはできる？」
おにぃ「え？　持つ？　魔法の火を？」
ワタシ「そうそう。やってみて」
おにぃ「分かった」
……
おにぃ「こんなんでいいのか？」
　ワタシの目の前には、火で出来たバットを両手で握りしめているおにぃがいます。
ワタシ「凄い凄い！　それを振り回せば、火でできた棒を振り回すのと同じだね？」
おにぃ「お？　おお！　そうだな！」
ワタシ「魔法の火をもっと工夫すれば、火でできた剣を振り回せそうだね？」
おにぃ「火で出来た剣、炎の剣……すげぇ〜！」
　感動しているおにぃに、一旦、火のバットは消してもらい、更におにぃの火魔法を検証することにします。
ワタシ「それじゃあ、今度は、火を浮かび上がらせたままにできる？」
おにぃ「ん？　ん〜ん」
……
おにぃ「こうか？」
　ワタシの目の前に、ロウソクの火ぐらいの大きさの火がゆらゆらと浮遊しています。
ワタシ「おにぃも火をいろいろ操れそうだね」

おにぃ「そ、そうかな？」
ワタシ「いろいろやってみようよ」
おにぃ「おう、いいぜ」
ワタシ「それじゃあ次は、その火を大きくできる？」
おにぃ「ん？　ん～ん」
……
おにぃ「こうか？」
　ロウソクの火ぐらいだったのが、バレーボールぐらいの大きさになりました。
ワタシ「凄いね！　それを風魔法で飛ばすことはできる？」
おにぃ「え？　風？」
ワタシ「そう、風で火を飛ばせないかな？」
おにぃ「ん？　ん～ん」
……
おにぃ「ダメだ。難しくてちょっと出来そうにないな」
ワタシ「そっか～」
（火と風で、ファイアーストームみたいなことができれば、カッコよかったんだけどな～）
ワタシ「でも魔法はイメージが大切だって、どこかで聞いたことがあるような気がするし、どんどん練習すれば、いろいろできるようになるかもしれないよ！」
おにぃ「おう！　いろいろやってみるよ！」

ちなみに、おにぃの風魔法は本当に微風しか出せないようで、ワタシの前髪がほんのちょっと揺らぐ程度でした。

（でもこれなら、温風ドライヤーぐらいなら実現できそうだよね〜。ねぇねの水魔法でお洗濯をして、おにぃの温風魔法で乾かす、なんてことができたら便利だよね〜）

自分では魔法が使えないワタシ。

他人のふんどしならぬ、他人の魔法で便利な生活を画策するワタシなのでした。

（ていうか、ワタシの言った通りに魔法を操るねぇねとおにぃって、何気に凄くない？）（>ｰ。）ノ

◆◇◆◇◆

その後もねぇねとおにぃの魔法の自主練は続きました。

ワタシは途中でおねむになったので途中退場。

草むらの軽パコの中で、ひとりお昼寝なのでした。

そして時間は経過して、お昼を過ぎ、夕方よりはかなり早い時間帯。

最近ワタシ達がハンターギルドに出没する時間帯になりました。

そう、待望のお夕飯タイムです。

ちなみにワタシ達３人は、１日２食。

朝は無洗米をお粥のようにしてササっと食べ、夜にガッツリいただくのが最近の定番スタイルです。

お昼ご飯？　なにそれ美味しいの？

もちろん美味しいでしょう！

けど、そんなの一部の裕福な人だけの特権です。

一般庶民、特にワタシ達のようなスラム出身の底辺にとっては、お昼にお食事だなんて、夢のまた夢です。

まあ、今はお金はあるのでお昼ご飯を食べようと思えば食べられるんですが、変に目立つようなことはしたくありません。

(見るからにガリガリのガキンチョが、裕福層の特権である、お昼ご飯を食べていたら、絶対絡まれるよね？)

そんな事情もあったりするので、お夕飯はみんなの一大イベントだったりします。

ワタシ「今ならすいてるからギルドに行こ～。そして食堂で、ご飯食べよ～！」

「「お～！」」

ということで、やってきましたギルドの食堂。

ハンターギルドのホール内は、今日もこの時間は閑散としていて、来訪者はワタシ達を入れても数人しか見当たりません。

マスター「よう、坊主ども。今日も食べてくのか？」

この時間は暇なのか、強面マスターがまたも直々にワタシ達3人をお出迎えです。

おにぃ「こ、こんにちは」

ねぇね「こんにちは」

マスター「おう！」

マスターに挨拶を返しつつ、カウンターの一番近くの丸テーブル、いつもの席に座ったワタシ達3人。

ここまでくればもう、ワタシ達3人は常連さんと言っても過言ではないでしょう。

ということで、マスターさんに、ちょっと調子こいたお返事をしてみるワタシです。

ワタシ「それじゃあマスターさん、いつものヤツ、お願いします！」

マスター「ん？　いつものヤツ？　ハハッ、それじゃ、料金前払いで10リルだ」

どうやらワタシの軽口はマスターさんに通じたようで、日替わり定食2人前の料金の請求がきました。

おにぃ「これで、お願いします」

マスター「丁度だな、それじゃちょっと待ってろ、すぐ持ってくるからな」

（ギルドでこんな気安いやり取りができるようになるなんて、数日前なら、考えもつかなかったよね～）

そんなことを考えている間に、あっという間にテーブルに並べられるワタシ達3人のお食事。

その直後、今日もちょっとだけがっつき気味の夕食は、短時間かつ、無言で進められました。

欠食児丸出しのテーブルマナーは、まだまだ直せそうにないワタシ達なのでした。

お夕飯をペロっと平らげたワタシ達3人は、その場でちょっとしたブリーフィングを始めました。

ワタシ「ねぇね、おにぃ、ちょっとワタシのお話を聞いて欲しいの」

おにぃ「ん？」

ねぇね「なあに？」

ワタシ「あのね、ワタシたち、今日も明日もその次の日も、朝、納品に行ったら、やることないでしょ？」

ねぇね「やること？」

ワタシ「それでね？　暇な時間、納品の後から夕方前ぐらいかな？　やることを考えておこうよ」

おにぃ「まあ、そうだな」

ワタシ「そう。例えば、納品から帰ってきたら、ねぇねとおにぃは魔法の練習をするとか？」

おにぃ「おお！　いいな、それ！」

ねぇね「私も今日みたいな魔法の練習、もっと頑張りたい！」

ワタシ「でしょ？　だからふたりは魔法の練習頑張ってね？」

ねぇね「おチビちゃんは？　おチビちゃんはなにをするの？」

ワタシ「ワタシは、お勉強をしたいの。文字の読み書きを覚えたいの」

ねぇね「それなら、私が教えてあげる」

ワタシ「でも、ねぇねは魔法の練習があるでしょ？」

ねぇね「そうだけど……」

ワタシ「だから、どこかで教えてもらおうと思ってるんだ～」

　そんな会話をしていると、

マスター「お前ら、それなら、ギルドの講習を受ければいいんじゃないか？」

　ワタシ達のお話を盗み聞きしていた強面マスターが、会話に割って入ってきました。

ねぇね「⁉」
おにぃ「ま、マスター⁉」
ワタシ「ギルドの講習？」
マスター「おう、ハンターギルドでは、いろいろな講習を受けられるぞ？」
ワタシ「いろいろな講習？」
マスター「文字の読み書きから、剣や弓の扱い方、魔法の講習もあるぞ？　まあ、有料だがな」
ワタシ「読み書き！」
「「魔法！」」
マスター「どうだ？　興味あるか？」
ワタシ「はい！」
「「あります！」」
マスター「ということだ。アイリーン、後は任せたぜ！」
　マスターが、明らかにワタシ達を飛び越えてそう叫ぶと、
アイリーン「りょーかい。『シュッセ』3人さ～ん、こっちへいらっしゃ～い！」
　いつもの窓口の受付のお姉さんが、笑顔でワタシ達を手招きしてくれていたのでした。

◆◇◆◇◆

　強面マスターと美人な受付嬢の見事な連携プレーにより、あれよあれよという感じで、いつもの

受付窓口に誘われてしまったワタシ達３人。

　只今、その美人な受付嬢ことアイリーンさんから、ハンターギルドが主催している講習について詳しく説明を受けているところです。

アイリーン「ハンターギルドで学べる講習は、大きく分けて3種類ですね。まずは、生活の基本的なことを学べるタイプの講習」

【読み書き算術基礎講習】
【法律　制度講習】
【接遇　礼儀作法講習】

……

アイリーン「次は、その人の基礎能力を高めるタイプの講習」

【魔法基礎講習】
【格闘技基礎講習】
【剣術基礎講習】
【弓術基礎講習】

……

アイリーン「最後は、ハンターとしての知識や能力を高めるタイプの講習」

【初心者ハンター講習】
【薬草知識基礎講習】
【罠講習】

【解体講習】

【捜索基礎講習】

……

アイリーン「……ざっとこんなところかしら」

おにぃ「へぇ～」

ねぇね「いろいろあるんですね～」

ワタシ「たくさんあるんだ～。講習はどれでも誰でも受けられるんですか？」

アイリーン「無条件でどれでも誰でもという訳にはいかないのよね」

　アイリーンさんの説明によると、当然のことながら、講習は有料。

　受講料は、１講習、１日ひとり１００リルとのことでした。

　そして、基本的にどの講習も１日１時間で、７日間で学び終えるようになっているそうです。

　つまり、１つの講習を学び終えるには、最低７日、７００リル必要ということになります。

アイリーン「受講料がそれなりに高額だから、受講してくれるハンターが誰もいなくて。実際、ハンターのほとんどは、お金を払ってまで勉強する余裕はないのよね」

ワタシ「なるほど～」

（う～ん、たしかにお高いといえばそうなんだろうけど、ワタシ的には全然アリな金額だと思います！　知らないことをちゃんと教えてもらえる、こんなお得な機会は逃しちゃダメだよね！）

　ということで受講に前向きなワタシです。

ワタシ「ワタシ、【読み書き算術基礎講習】【法律　制度講習】【接遇　礼儀作法講習】の３つ受けたい。ねぇねとおにぃはなにを受講したい？」

ねぇね「私、【魔法基礎講習】は教えてほしい」

おにぃ「オレもオレも！　あと、【剣術基礎講習】もやってみたい！」

ワタシ「う〜ん、講習は1時間だから、午前に1時間、午後に2時間ぐらい受けられそうだよね？　だからね？　ねぇねとおにぃも3つにしない？」

おにぃ「いいぜ！　それじゃあ、オレは【魔法基礎講習】と【剣術基礎講習】と、【初心者ハンター講習】かな？」

ねぇね「私は【魔法基礎講習】と……何にしよう……」

ワタシ「ねぇねは美人さんだから、【接遇　礼儀作法講習】は受けておいた方がイイよ？　きっと、あとあと役に立つと思うよ？」

ねぇね「そう？　そうかなぁ」

ワタシ「それと、【初心者ハンター講習】も、今後の活動のことを考えて受けておいた方がいいかも」

ねぇね「分かった。おチビちゃんの言う通りにする」

ということで、ねぇねは【魔法基礎講習】と【接遇　礼儀作法講習】と【初心者ハンター講習】に決まりです。

　そうと決まれば、早速細かいことをアイリーンさんに確認です。

ワタシ「講習の時間割は決まっているんですか？」

アイリーン「いいえ、受講者が受けたい時間に合わせて調整することになります。なので、希望があれば、どんどん言っちゃってね？」

ワタシ「それじゃあ……」

ということで、話し合った結果、明日から、

11時～正午　【読み書き算術基礎講習】：ワタシ
　　　　　　【魔法基礎講習】：ねぇね、おにぃ
13時～14時　【法律　制度講習】：ワタシ
　　　　　　【初心者ハンター講習】：ねぇね、おにぃ
14時～15時　【接遇　礼儀作法講習】：ワタシ、ねぇね
　　　　　　【剣術基礎講習】：おにぃ

というスケジュールになりました。

ちなみに正午から30分程は、ワタシの必須時間割、お昼寝タイムが入ります。

（栄養不足で発育不良の5歳児に、フルタイム活動は無理ゲーなのです！）

ところで、この世界、時間は元の世界と同じようで、24時間で1日でした。

（長さや重さの単位も、元の世界と同じだったよね？　どうせなら、全部元の世界と同じだったらよかったのにな～。でも通貨と言葉は、元の世界でも国が変われば変わるから、しょうがないのかな？）

そんな感じでひとり物思いにふけっていると、受付のお姉さんがお話を進めてくれます。

アイリーン「それじゃあ、最後に受講料のお話をするわね？　受講料の合計は、３人が3つの講習を受けるので、６３００リルになります。お支払いは一括前払いでイイ？　それとも分割にす

る?」
ワタシ「ニコニコ現金一括前払いで大丈夫です」
アイリーン「ん?　ニコニコ?」
おにぃ「こ、これでお願いします」
ねぇね「します」
　おにぃが大銀貨6枚と小銀貨3枚を支払います。
これでワタシたちの所持金は、2607リル。
大銀貨2枚と小銀貨6枚と銅貨7枚になりました。
それでも懐具合はまだまだ全然あったかです。
(それにまだ、ギルドに預入もあるんですよ?　余裕よゆ～!)

◆◇◆◇◆

次の日から、割と忙しい日々を過ごすことになったワタシ達3人。
まずは朝。
午前のちょっと遅めの時間になったら、はちみつと石鹸の納品に【ジョシュア雑貨店】へ出向き、
納品報告書を貰ったらハンターギルドの受付に行って依頼完了手続きをしてもらい、依頼達成金は
預入してもらいます。
　ちなみに、

【はちみつ　ブレンディッド　１２００ｇ　４８００円】
【ハーブソープ お歳暮ギフトセット ローズ６個 ラベンダー６個 カモミール６個 ２５００円】
の２つは、前日の夜に【想像創造】で準備しています。
報酬は、はちみつがガラスビンごとで、１２４００リル。
石鹸が３種類６個ずつで、１８００リル、となります。
（最初の常設依頼の時は、石鹸は５個ずつ納品だったので、それと比べると３００リルアップです）

報酬合計１４２００リルから、税金と手数料が引かれ、１１３６０が依頼達成金としてもらえるお金になります。

その依頼達成金は、チームと個人の合わせて４つに、２８４０リルずつ分けてギルドに預入してもらいます。

毎朝、ワタシ達３人のチーム『シュッセ』として２８４０リル（日本円で３４０８００～３９７６００円ぐらい？）、そして、ワタシ、ねぇね、おにぃの各個人にも同額が支払われることになります。

ウッハウハ、まさに、ウッハウハなのです。

でも現金で貰わずに全額預入していることもあり、ワタシもねぇねもおにぃも、お金を稼いでいる実感は全くありません。

しかも、依頼完了手続きが終わると、各自自分の受講しているお勉強に勤しむことになるので、お金のことを考えること自体ほとんどなく、そのことを気に留めることはほとんどありませんでした。

講習の方は、とにかく初めてのことばかりで、なにもかもが新鮮です。

知らないことを知ることが出来る、その喜びをかみしめながら、まさに、スポンジのように知識が吸収されていく実感があります。

（ワタシ、こんなにお勉強好きだったんだ）

そう思える程、講習に没頭することが出来ました。

【読み書き算術基礎講習】では、この7日間で、文字の読み書きはたどたどしいながらもなんとかこなせるようになりました。

この国の言葉は、いわゆる西ヨーロッパ言語的な感じで、表音文字を使っていました。

（よかった～。表意文字だったら、覚えるの大変だったよ）

あとはいろいろな文字や単語に慣れるだけ。

そこは数を熟《こな》さなければなりませんが、時間が解決してくれることでしょう。

算術は、数字さえ覚えてしまえば、あとはワタシの前世の記憶で、四則演算なんてちょちょいのチョイです。

【法律　制度講習】では、この国は【ロータル王国】で、前世の記憶的には、絶対君主制に分類出来ると判断しました。

法律がちゃんと整備されている国なのですが、王命が最優先。王様のご意向が法より優先されるみたいです。

王様のその下に、お貴族様である諸侯がいて、領地を治めているみたいです。

ちなみにワタシ達がいるこの町は【オーレリア】で、町の名前そのままのオーレリア子爵が治めているそうです。

（まあ、ワタシたちがこんなお偉いさんと絡むことはないでしょう。ないよね？）

そして宗教関係ですが、この国には国教会があるそうで、国教会は、神は唯一であるとする一神教なのだそうです。

神様にお名前はなく、ただ神様と呼んでいるみたいです。

この国で教会と言えば国教会のことを指すことになり、国の政治や経済に対する影響力もかなり大きいみたいです。

（たしか【ジョシュア雑貨店】のご夫婦が、教会のことを『お金を崇めてる連中』だとか『強欲な輩』だとか言ってなかったっけ？　国に影響力が大きい教会がそんな状態で大丈夫なの？　なんだか悪い予感しかしないです）

【接遇　礼儀作法講習】では、挨拶のしかたから始まり、テーブルマナーなども実践形式で教えてもらいました。

ワタシと、一緒に受講しているねぇねは、もう、お夕飯の時の食事マナーは完璧です。

もう、欠食児特有のがっつきは、見られなくなりました（ひとり、おにぃを除く）。

（おにぃには、見苦しくない程度には、あとでねぇねから教えてもらうことにしましょう）

そんな感じで、意識せずお金を貯め込みつつ、しっかり充実した７日間を過ごしたのでした。

※この時点での財産

所持金：２５３７リル、大銀貨２枚と小銀貨５枚と大銅貨３枚と銅貨７枚預入：チーム『シュッセ』（２２６６０リル）、ワタシ（２２６６０リル）、ねぇね（２２６６０リル）、おにぃ（２２６６０リル）

◆◇◆◇◆

そんな充実した７日間の講習でしたが、ちょっとした騒ぎもありました。

それは、ワタシが受講していない【魔法基礎講習】で起きました。

なんと、ねぇねとおにぃの魔法の使い方は、異常だと言われてしまったそうなのです。

頼る者のいないスラムで生活していたねぇねとおにぃは、誰にも教わることなく、全くの我流で魔法を使っていて、本来の魔法発動手順である呪文を使っていませんでした。

それだけでも特異なことらしいのですが、ねぇねとおにぃは魔法発動後に魔法の大きさや形を変えたり出来て、それを見た講師さんがビックリ驚いてしまった、ということみたいです。

講師さん曰く、

「発動後の魔法への干渉は、相当な魔力強度と魔力制御力がなければ出来ない」

ということらしいです。

それを聞いて、ワタシ的には、スラムの極度の貧困下で、栄養やら体力やら気力やら、何もかもが全く不足している状態でひたすら頑張って魔法を使い続けていたことによる、ある意味凄い修業が出来ていたのではないかと思いました。

前世の記憶的に分かりやすく言えば、マラソンランナーの高地トレーニング的なことを長期にわたりずっとしていた、そんなことなんじゃないかと思ってしまいました。

（ギリギリの極限状況から、栄養満点な状態になった今、なんだかいろいろ解放されて、凄いことができるようになったんじゃない？　まあ、どちらにしても、ねぇねとおにぃは凄いのです！）

　ということで、ねぇねとおにぃの【魔法基礎講習】は、どちらかというと、ねぇねとおにぃの魔法能力検証会みたいになっちゃったみたいです。

　でも、
ねぇね「ちゃんとした人に、私の魔法を見てもらえて、褒めてもらえたの！」

　と、ニコニコとワタシに報告してくれるねぇねを見ていれば、有意義な講習だったことは間違いありません。

　おにぃに至っては、
おにぃ「オレ、剣術の講習で、魔法の火の棒を使って訓練してるんだ！」

　そんな報告をしてくる始末ですが、本人が大変満足そうなので、充実した講習だったと思われます。

（いいな～、魔法。ワタシも魔法が使えたら、『ワタシ Tueee』できたかもしれないのに……今はなんだか、『ワタシだけ Yoeee』だよ、トホホ）

　前世の記憶があるだけに、余計に魔法が羨ましく思えるワタシなのでした。

◆◇◆◇◆

講習を全て終えた日の夜、軽パコの中で明日の納品物を【想像創造】している時でした。

ワタシ「まずは、はちみつ、【想像創造】。続いて、石鹸ギフトセット、【想像創造】」

そんな感じでいつもの納品物を創り出した直後でした。

目の前に突如、ワタシのステータス画面が出てきました。

名前：アミ
種族：人族
性別：女
年齢：5歳
状態：低栄養状態
魔法：【なし】
スキル：【想像創造】レベル3（3回／日）

どうやら、スキルのレベルアップをお知らせしてくれたみたいです。

（やった！　【想像創造】がレベル3になって、1日3回使えるようになった！）

今夜は2回【想像創造】したので、あと1回、なにかを創り出せることになります。

（およ？　状態が【栄養失調】から【低栄養状態】に変わってる？　これって、少しは改善されたってことでいいのかな？）

どうやらワタシ、多少なりとも健康に近づいているみたいです。

（まあ、それはともかく、あと1回はなにを【想像創造】しようかな～？）

ということで、早速、ねぇねとおにぃに相談です。

ワタシ「ねぇね、おにぃ、なにかワタシに創り出してほしいモノある？」
ねぇね「ん？　どうしてそんなこと聞くの？」
ワタシ「ワタシのスキルが成長して、もう1回、なにか創れるようになったの」
おにぃ「へぇー、凄いじゃん！」
ねぇね「おチビちゃんは凄いのね！」
ワタシ「えへへぇ〜。それで、なにかほしいモノ、ない？」
ねぇね「うんとね、私、お世話になった女将さんに、ジェーンさんにお礼がしたい！」
おにぃ「なら、ジョシュアさんにもだな！」
ねぇね「そうね、そうだよね。お2人になにか贈り物が出来たらいいな！」
ワタシ「【ジョシュア雑貨店】のご夫婦に贈り物だね？　なにがいいのかな〜？」
おにぃ「やっぱり食いものじゃないか？」
ワタシ「それはワタシたちだけじゃないのかな〜」
ねぇね「私、2人一緒のモノがイイと思う。同じモノを2人で一緒に身に着けられるとイイと思う！」

そんな感じで、その晩ワタシ達3人は、ちょっと遅くまで、喧々諤々《けんけんがくがく》には程遠い、ゆる〜い議論を交えたのでした。

そして翌日の納品が終わったタイミング。

ジョシュア「今日もご苦労さん。はい、今日の分の納品報告書ね」
ねぇね「ありがとうございます」

そんなやり取りがあった後。
ねぇね「あ、あの、今日はお2人に、受け取ってほしいモノがあるんです！」
ワタシ達3人を代表して、ねぇねが切り出します。
ジョシュア「ん？　新商品の提案かな？」
ねぇね「ち、違います。えっとですね、以前困ってた時、ジェーンさんからパンとかチーズとか分けてもらえて、とっても嬉しかったです。それで、そのお礼と言うか、感謝の気持ちとして、これを受け取ってください！」
そう言ってねぇねが差し出したのは、

【セ○コー　ペアウォッチ　機械式自動巻き腕時計　ブラックシルバー　ピンクゴールド　10気圧防水　ステンレスベルト　49280円】

黒銀と桃金のペアの腕時計です。
男性用も女性用も同じ意匠ですが、女性用が二回り程小さい造りになっています。
自動巻きだから電池いらず。
10気圧防水だから、水仕事も気にせず出来ます。
オールステンレスなのでタフで、傷にも強くなってます。
ジェーン「え？　も、もしかして、これ、時計、なの？」
ジョシュア「まさか、こんなに小さな時計だなんて……本当に？」

ワタシ「はい。これは、腕時計といって、その名の通り、腕にくっつけておく時計です」
ジョシュア「アッハッハッハ。こんな凄いモノ、聞いたことがない」
ジェーン「イヤイヤそんな凄いモノ、貰えないよ！」
ねぇね「ずっと、お礼をしたかったんです。だから、是非、もらってください」
「「貰ってください！」」
　そんな感じでしばらく押し問答っぽいことがありましたが、最終的にはワタシ達の説得に応じて？　貰ってくれることになりました。
　ワタシから使い方と着け方のレクチャーを受けてもらい、夫婦揃って左手首にペアウォッチを着けてもらいます。
ワタシ「時間の調整はここをこうして、時報の鐘の音に合わせてくださいね？」
ジョシュア「なるほど、分かったよ。ありがとう。それにしても、高級品なんだろうに、なんだか申し訳ないね」
ジェーン「嬉しいんだけど、なんだか貰い過ぎな気がするよ」
ねぇね「そんなことないです！　本当に困っているときに分けてもらったあの時の黒パン、本当に嬉しかったです！　あの時の感謝の気持ちは、ずっとず〜っと忘れません！」
　普段は物静かで控えめなねぇねですが、今日はいつもと違います。
　ねぇねの過去に何があったのか、ワタシと一緒に生活する前なのか後なのか。
　詳しいことは分かりませんが、ねぇねにとって、とっても大切で印象深い出来事があったことは確かです。

今日のお礼では、ワタシ達の中で一番張り切っていたねぇね。

（ねぇね、ちゃんとお礼できて、よかったね）

涙声もそのままに、ジェーンさんに一生懸命お礼をしているねぇねの姿を見ながら、そう思ったのでした。

◆◇◆◇◆

ジェーンさんとジョシュアさんにお礼の贈り物をした帰り際、ワタシはジョシュアさんに、あるお願いをしてみることにしました。
ワタシ「ジョシュアさん、すいませんが、明日は納品をお休みさせてもらっていいですか？」
ジョシュア「ん？　ああ、もちろんいいとも。おかげさまで、今のところ在庫に少し余裕があるしね。もし負担が大きいようなら、今後の納品は１日おきにしてもらって構わないよ？」
ワタシ「え？　１日おきでいいんですか？　もしかして、あまり売れてないんですか？」
ジョシュア「いやいや、そうじゃないんだよ。高級品として商いしているから、誰彼構わず気軽にポンポン売ってないだけなんだよ。売る相手も厳選して、より特別感を出している、そんなところだね。商品価値を高められるよう、いろいろ工夫しているという訳さ」
ワタシ「なるほど～。商売っていろいろ難しそうですね」
ジョシュア「それがまた腕の見せ所というか、やりがいなんだけれどね」
そんな感じの会話があり、今後の納品は１日おき、明日はお休みにしてもらいました。

なぜワタシが、急にこんなお話をもちかけたかというと、

（ワタシたち、もうちょっと時間的なゆとりがあってもいいんじゃないかな?）

と、不意に思ったからです。

ワタシに前世の記憶が戻ってから今日まで、脱スラムのため、ひたすらに頑張ってきました。

寝る間を惜しまずとまではいきませんが（むしろ睡眠時間はたっぷりとって、お昼寝までしていましたが）、ワタシ的には怒涛《どとう》の勢いで生活改善をしてきたつもりです。

脱スラムのためとはいえ、ハイスピード過ぎたかな?　全く余裕がないというかゆとりがないというか、タイト過ぎたかな?　ふとそう思ったのです。

（ここまでくれば、生活の質向上だけじゃなくて、心の質というか、楽しみがあってもいいと思うんだよね〜）

それに、ギルドの講習でいろいろとお勉強もしましたので、多少ですが世間というか、社会というか、スラムでは知り得ない、『普通のこと』を知ることが出来ました。

その知ることが出来た知識を、今度は体験する時間が欲しくなった、ということもあるかもしれません。

そんなこんなで、戻ってきました我らのお家こと、ハンターギルド裏庭の軽パコ。

ギルドの講習も終わってしまったので、今日はもう、とりあえずやることがありません。

（明日は納品お休みだから、今日の【想像創造】は自由に使えるね。この際だから、ねぇねとおにぃに何かプレゼントでもしようかな?）

ということで、早速本人達に聞いてみます。

ワタシ「ねぇね、おにぃ、なにか欲しいモノとかある？」
おにぃ「ん？　欲しいモノ？　それは当然、美味い食いもん。肉が一番だな！」
ワタシ「おにぃはやっぱり食べ物なんだね？　ねぇねは？　ねぇねはなにかない？」
ねぇね「私？　私はね、あの売り物の甘いの、蜜をなめてみたかったかも……」
ワタシ「ねぇねは、はちみつ、なめてみたかったの？」
ねぇね「うん。でも、すっごく高いから……やっぱいい」
　ねぇねの言葉を聞いて、ワタシはハッとしました。
どうやらねぇねは、今までずっと、はちみつをなめてみたかったみたいですが、買取金額が凄かったので、ずっと遠慮していたみたいです。
　ワタシがガツガツお金稼ぎのことだけを考えていたしわ寄せが、一番大切で身近な存在に及んでいたことに、全く気づきもしませんでした。
（そうだよね。目の前に美味しそうな甘いものがあったのに、今までずっと食べられずに我慢してたんだよね。うわぁ～ワタシのバカ！　なんで気がつかないかな～！）
ワタシ「ごめんね、ねぇね。ワタシ、お金のことばっかりで、ねぇねの気持ちとか、考えが足りなかったの……」
ねぇね「いいのいいの！　全然イイの！。おチビちゃんは、いろいろ頑張ってくれてるの！　スラムから出られたのも、ギルドに入れたのも、全部おチビちゃんのおかげなの！」
おにぃ「そうだぞ。全部おチビが考えてやってくれたことだ。おチビが謝ることなんて、なにもないんだ」

ワタシ「ねぇね、おにぃ……ホントごめんね。それじゃあ、今までがまんさせちゃった分、今からいっぱい、美味しいモノを出すからね？」

　ということで、今まで我慢させてしまっていたねぇねとおにぃに、スペシャルなプレゼントを考えます。

（う～ん、美味しくて、それでいて……やっぱりたくさんあった方がいいよね。それなら……まずは、おにぃ用に【想像創造】！）

【本格熟成ビーフジャーキー 30g １２０個セット 粒胡椒 和風ダレにんにく風味 ９９８００円】

　おにぃ用に【想像創造】したのは、お徳用のビーフジャーキー。

　なんと、１２０個セットです。

　にんにくの風味が効いた醤油ベースのタレに、粒胡椒がアクセントになって、ちょっと大人なピリ辛味のおつまみですが、子供のおやつとしても大変結構なモノです。

　１２０個もありますし、これならおにぃも、しばらくの間、お肉を食べ続けられることでしょう。

（つづいて、ねぇね用に【想像創造】！）

【給食用小袋ジャム　業務用セット　いちごジャム　オレンジマーマレード　ブルーベリージャム　りんごジャム　チョコレートスプレッド　ピーナッツクリーム　つぶあん　はちみつ　メープルゼリー　レーズンクリーム　15g×１２００袋　３２４００円】

ねぇね用に【想像創造】したのは、給食とかについてくる、パンにつける小袋のジャム。いろんな種類がセットになっている業務用のヤツで、チョコやはちみつ味もあり、その数なんと1200袋。
パンにつけて食べてもよし、もちろん、ねぇねの希望通り、そのままペロペロなめてもイイでしょう。
甘いものなんて滅多に口に出来ないワタシ達にとっては、まさに『ネコにちゅ〇る』状態になること間違いなしです。
おにぃ「うぉ？　なんだ？　このデッカイ茶色の箱？」
ねぇね「なんだかたくさん箱が出てきたね」
ワタシ「こっちの箱はビーフジャーキーといって、美味しいお味の干し肉が、たっくさんで〜す！　そしてこっちの箱には、いろんなお味のあま〜い蜜が入った小袋が、たっくさ〜ん入ってま〜す！」
おにぃ「干し肉！　すげぇー、これ全部？」
ねぇね「甘い蜜が、こんなにたくさん？」
ワタシ「ねぇねもおにぃも、いっぱい食べてね？」
おにぃ「いいのか？　ありがとなおチビ！」
ねぇね「おチビちゃんありがとう。でも、おチビちゃんは？　おチビちゃんの欲しいモノはないの？」

ワタシ「え?」

ねぇね「この干し肉と蜜は、おにぃと私が欲しいモノでしょ?　おチビちゃんの欲しいモノはないの?」

おにぃ「そうだぞ。おチビにもちゃんと、自分の欲しいモノを用意しないとだぞ?」

　こんな時までワタシのことを気にかけてくれるワタシの大切な2人。

　おチビで無力で、スラムという劣悪な環境ではただただ足を引っ張るだけの存在だったワタシを見捨てず、今までずっと一緒にいてくれた優しくて強い2人。

　前世の記憶が戻ってからは、『ワタシ、このふたりがいなかったら、どうなっていたことか……』と思う毎日です。

　そんな2人の気持ちを考えもせず、ガツガツお金稼ぎだけに邁進《まいしん》してしまっていたワタシ。

　だから謝罪の意味も込めて、2人に感謝をしたかったのに。

　それなのに、逆に気を遣わせてしまって……。

　なんだか急に、とても悔しくなって、とても悲しくなって、そして2人に申し訳なくて。

ワタシ「うわぁ～ん。ごべんだざい。ごべんだざ～い」

　ただただ、泣きながら謝ることしか出来ない、おチビなワタシなのでした。

◆◇◆◇◆

ワタシ「うわぁ～ん。うわぁ～ん。ごべんだざ～い」

前世の記憶があるとはいえ、今はただのガリガリのおチビなワタシ。

金勘定は出来ようとも、自分の感情のコントロールは難しいのです。

そんな幼い情緒故、自分の情けなさや悔しさに耐えられなくなって、何の前触れもなく突如泣き出してしまったワタシなのでした。

ねぇね「え？　どうしたのおチビちゃん。どうして泣いてるの？　どうして謝るの？」

おにぃ「なんだ、どうした？　大丈夫か？」

それを、困惑しながらも心配してくれるねぇねとおにぃ。

『【想像創造】したプレゼントで、みんなで楽しいひと時を！』というワタシの当初の目論見《もくろみ》は、まさかのワタシ自身のギャン泣きによって、出鼻をくじかれてしまったのでした。

……

そんなこんなで5分程経過した頃。
ワタシ「ひっく……ひっぅ……ワタシ……ワタシ、ねぇねとおにぃと、ずっと一緒にいたい……」
おにぃ「おう！　ずっと一緒だぞ」
ねぇね「そうよ。私達はずっと一緒よ？」
ワタシ「ねぇね、おにぃ、ホントありがと……大好き。それでね、今日はね？　みんなで一緒に遊びたい！」
いっぱい泣いてスッキリしたワタシは、自分の望みに正直になりました。
幼女丸出しのその物言いは、見た目そのまんま。
ケロッと泣き止んだその姿は、前世の記憶とか関係なしに、ただのちょっと甘えたなおチビちゃんなのでした。
落ち着いたワタシは、自分の望みを叶えるため、今日３回目のスキルを使用します。
（よっし！　あれを【想像創造】！）
出てきたのは、
【ボードゲーム　９ｉｎ１　ゲームセレクションセット　リバーシ　チェス　チェッカー　将棋　９マス将棋　チ〇ズをめざせ　足し算５ゲーム　潜水艦ゲーム　日本縦断ゲーム　２４８０円】
有名なボードゲーム各種と、ちょっとしたすごろくゲームがひとつになった、テーブルゲームセットです。
（これならみんなでいろいろ遊べるよね？　まずは、４人まで一緒に遊べる、すごろくゲームから！）
　ということで早速、
ワタシ「ねぇね、おにぃ、これで一緒に遊びましょ？」
ねぇね「なあに、これ？」
おにぃ「なんだ？　おチビの欲しいモノって、これなのか？」
ワタシ「ん～ん、違うの。これで、みんなで遊びたいの」
ねぇね「これで遊べるの？　遊び方教えてくれる？」
ワタシ「もちろん！」

ということで、早速すごろくゲームから始めるワタシ達3人。
ワタシの欲しいモノ。
それは、ねぇねとおにぃと一緒に楽しく過ごす時間なのでした。

◆◇◆◇◆

おにぃ「うんめぇ～、味が濃くてすんげぇ～うめぇ～」
ねぇね「あま～い。果物の香りがついてる蜜なんて、夢みた～い」
おにぃはビーフジャーキーをガジガジ。
ねぇねは小袋ジャムをペロペロ。
ワタシはそんな2人の様子にニヨニヨ。
今の時刻はお昼を過ぎて夕方になる手前の頃。
3人ですごろくゲームをひとしきり楽しんだ後、いよいよねぇねとおにぃには、それぞれへのプレゼントをテイスティングしてもらっている、という訳なのです。
おにぃ「美味いけど、こんなにたくさん、食べきれないかもな～」
ねぇね「それは勿体ないよ。こんなに美味しいのに」
ワタシ「それじゃあ、ちょっとだけ、おすそ分けに行こうよ」
ねぇね「おすそ分け？」
おにぃ「誰にあげるんだ？」

ワタシ「ワタシたちが、最近お世話になってるひとにだよ」
「「ああ！」」
　ということで、やってまいりました、いつもの時間のガラガラなハンターギルドです。
　まずは目的地第1号を目指して直進です。
「「「こんにちは～」」」
アイリーン「あら、『シュッセ』の3人さん、いらっしゃい。今日はどうしたの？」
ねぇね「あ、あの、今日は、おすそ分けに来ました」
アイリーン「おすそ分け？」
おにぃ「美味しいモノが手に入ったので、よかったら、食べてください」
ワタシ「いろいろとお世話になっているお礼です」
　ということで、いつもの受付のお姉さんことアイリーンさんに、ビーフジャーキー10袋と、ジャム小袋全種類2つずつ計20袋を渡します。
アイリーン「あら？　透明な袋に入っている……干し肉と、これはなにかしら？」
ワタシ「この小さな袋に入っているのは、いろんな味のついた蜜です」
アイリーン「蜜なの？　こんなにたくさん？」
ねぇね「甘くて美味しくて、幸せの味なんです」
アイリーン「そんな貴重なモノ、もらっちゃっていいのかしら？」
ワタシ「ぜひ、もらってくださいな？」
アイリーン「そう？　せっかくだから、いただくわね。わざわざありがとうね」

「「「どういたしまして！」」」

　ということで、目的の1つは無事コンプリート。

　続いて目的地第2号を目指します。

マスター「おう、『シュッセ』。今日も食ってくのか？　それとも、オレにもなにかくれるのか？」

　この時間のハンターギルドあるある、『ホール中に話が筒抜けでござる』が発動してしまったようです。

　でも、説明がはしょれるので、ある意味助かったりします。

おにぃ「そうです、よかったら、食べてください」

　ということで、マスターさんにも、ビーフジャーキー10袋と、ジャム小袋全種類2つずつ計20袋を渡します。

マスター「見たことがねぇもんだな。だが、遠慮せずもらっとくぜ。ありがとよ」

「「「どういたしまして！」」」

ワタシ「ついでと言ってはアレですけど、いつものヤツ、注文お願いします！」

マスター「ん？　日替わりか？　今日はトリの香草焼きだ。10リルいただくぜ」

おにぃ「これで、お願いします」

ねぇね「します」

　そんな感じで、いつもの生活リズムに戻るワタシ達3人なのでした。

【第３章】依頼と広がる交流

翌朝、無洗米のお粥にビーフジャーキーをトッピングしたワタシとおにぃ。

ねぇねだけは、つぶあんｏｎお粥という、かなり甘党上級者的な食べ方をしていましたが、ちょっと豪勢になった朝食を味わったワタシ達３人は、今日はいつもより気合が入っています。

その理由は昨夜、

『明日は納品がお休みだから、なにか掲示板の依頼を受けてみよう』

と話し合ったからです。

ワタシとしては、今まで２人のことを気に留めず、ひとりで突っ走ってしまっていたと反省しているので、ねぇねとおにぃの要望は何があっても叶えたいと思っています。

そんな、今日はちょっと勇み気味なワタシ達３人ですが、混んでると分かり切っている場所に喜んで突っ込んでいく程のバイタリティーがある訳ではないので、いつもと同じちょっと遅めの時間帯になってから、ハンターギルドに顔を出したのでした。

そんな感じで、ギルドのホールが閑散としてきた時間帯になって、掲示板の近くに来たワタシ達３人。

ワタシ「どんな依頼うけるの？」

おにぃ「そうだな～、オレ達３人でも出来そうなのある？」

ねぇね「えっと、こっちは町中での作業みたい」

ワタシ「作業だと、ワタシがいると、邪魔かな？」

ねぇね「おチビちゃんが一緒じゃないと、私イヤ！」

おにぃ「それはそうだな。３人一緒じゃないと、ダメだよな」

ということで、いろいろ依頼内容を見てみますが、作業が主だったりするので、どうしてもおチビなワタシがいては足手まといになることが確実な依頼ばかりです。

（おチビなワタシには、普通の依頼は荷が重いです～。こうなったら、極力ワタシが邪魔にならないヤツを……ワタシは戦力外でもいいから、足手まといにだけはならないヤツを……）

そんなことを思っていた時でした。

目の前の掲示板に、こんな依頼を見つけました。

依頼
依頼主：【マダムメアリーの薬店】店主　メアリー
依頼内容：以下の作業を以下の対価で依頼する
【裏庭の草刈り】50リル（対象面積は１００平方メートル未満）
作業場所：【マダムメアリーの薬店　裏庭】
日時：随時（可能な限り早めにお願いします）

（これなら、座ってできるし、おチビなワタシでもなんとかなるかも）
ということで、早速2人に相談です。
ワタシ「ねぇね、おにぃ、これ、裏庭の草刈りだって、どうかな？」
おにぃ「ん？　草刈り？」

ワタシ「草刈りって、ずっと屈《かが》んだままでしょ？　ワタシでもできると思う」
ねぇね「大丈夫？　足とか腰とか痛くなるかもしれないよ？」
ワタシ「大丈夫大丈夫。ねぇねとおにぃが一緒だし、ちょちょいのチョイだよ、きっと」
おにぃ「それじゃあ、これ、受けてみるか」
　ということで、ワタシ達の初普通の依頼は、草刈りに決まりました。

◆◇◆◇◆

　掲示板から草刈りの依頼書をはがし、いつもの受付に行きましたが、いつものお姉さん、アイリーンさんは不在でした。
受付嬢「アイリーンは、朝からギルドの幹部会議に出ていて不在なの。なんだかやけにやる気満々だったし、病気とかじゃないから、安心してね？」
　ということらしいです。
ワタシ「そうなんですね。教えてくれてありがとうございます」
おにぃ「あの、この依頼を受けたいのですが、受付をお願いしていいですか？」
受付嬢「はい。承りますね」
ワタシ「よろしくお願いします」
ねぇね「します」
　アイリーンさんに特に用事があった訳でもないので、そのまま受付処理をお願いし、作業場所などを教えてもらいます。

そしてやってきました草刈り作業の依頼主のお店【マダムメアリーの薬店】です。

木造の古びたその建物は、全体が深緑の塗料で塗られていて、趣のある可愛らしい雰囲気。

まるで、絵本に出てくる魔女のお家みたいです。

場所はハンターギルドを出て、歩いて2～3分と、割とご近所さんのようです。

（位置的には、ハンターギルドの裏庭の先って感じなのかな？）

依頼主のメアリーさんは、顔に笑い皺を深く刻んだ、見た目50代後半のちょっと痩せ気味の初老の女性で、ニコニコ笑顔の糸目でワタシ達３人を出迎えてくれました。

おにぃ「こんにちは～、ハンターギルドの依頼で来ました～」

「「こんにちは～」」

メアリー「おやおや、もしかして草刈りの依頼かい？」

おにぃ「そうです」

　そう言って、ギルド証をメアリーさんに見せるおにぃ。

　ワタシとねぇねも右へ倣えです。

メアリー「そうかいそうかい。それじゃあ、早速裏庭に案内しようかね」

ということで案内された裏庭には、ワタシの腰ぐらいの、背の低い雑草が生い茂っています。

そして更にその奥には、なんだか見覚えがある、２メートル近い背丈の雑草が見えます。

（あれ？　あの背の高い雑草って、私たちのお家、軽パコがあるところじゃない？）

そう思ったのはワタシだけではなかったようで、

おにぃ「なあ、あの奥ってさ、オレ達のケッパコがある草むらじゃないか？」
ねぇね「え？　私達のお家があるところ？」
　そんなお話をしていると、
メアリー「あの背の高い草むらの手前までがウチの裏庭だから、そこまでの草刈りをお願いね？」
おにぃ「背の低い雑草を刈ればいいんですね？」
メアリー「そういうことさね。あと、刈り取った雑草は、一ヶ所にまとめといておくれ」
ワタシ「わかりました」
メアリー「おや、おチビちゃんもやるのかい？　無理しない程度に頑張ってね？」
ワタシ「はい。がんばります」
　ということで、早速ミッション開始なのでした。

◆◇◆◇◆

　早速その場に屈んで、草を毟《むし》ってみます。

ワタシ「ん～、ん～、ん～、ダメだ～、ぜんぜん抜けないよ～」

なかなかどうして、思っていたより根が深く、おチビなワタシの力では、ビクともしません。

（鎌とか、そういう道具で刈らないとダメかな～）

　そんなことを思った時でした。

（あれ？　そういえば、火であぶっちゃえば、除草できるんじゃないかな？　威力を抑えた火炎放射器みたいなやつで除草している映像を前世の記憶で見たことあるかも……）

　ということで、早速ねぇねとおにぃに相談です。

ワタシ「ねぇね、おにぃ、ちょっとお願いがあるの」

おにぃ「ん？　もう疲れたのか？」

ねぇね「おチビちゃんは休憩してていいよ？」

ワタシ「そうじゃなくてね、おにぃの魔法で、雑草を燃やせないかな～って思ったの」

おにぃ「火魔法か！　それは便利そうだな！」

ねぇね「え～、危ないよ～、火事になっちゃうかもしれないよ～」

ワタシ「それでね、ねぇねの水魔法で、燃え広がらないようにできないかな～って思ったの」

ねぇね「水魔法で？　でも火が消えちゃうよ？」

ワタシ「あのね、ねぇねは水魔法で薄い膜を作れるでしょ？

ねぇね「うん。お鍋を覆うやつでしょ？」

ワタシ「そうそれ。それで、草刈りしたいところだけを囲んでしまうの。それで、その囲んである中だけ、おにぃが火魔法を使えばいいんじゃないかな？」

おにぃ「お～、それなら、火が燃え広がらないかもな」

ねぇね「でも私、こんなに広い範囲をお水の膜で囲えないよ？」

ワタシ「それはね、一気にやるんじゃなくて、何回かに分ければいいんじゃない？　狭い範囲をお水で囲って、その中を燃やして、それを何回か繰り返すの」

ねぇね「狭い範囲なら、私の魔法でも、お水の膜で囲えるかも」

ワタシ「とりあえず、どれくらい囲めるか、やってみようよ」
ねぇね「分かった。やってみるね」
　ということで、ねぇねが水魔法を使います。
　薄い水の膜が、徐々に広がっていき、2メートル四方ぐらいの水の膜が出来上がりました。
ねぇね「……これが、限界かも……」
ワタシ「凄い凄い！　これだけ広ければ、十分だよ！」
ねぇね「そ、そう？　それならよかった」
ワタシ「それじゃあ、次はおにぃの番ね」
おにぃ「おう！　任せとけ！」
ワタシ「でも、火の威力は抑えてね。一気に燃やすんじゃなくて、ちょっとずつあぶってく感じでね？」
おにぃ「炙《あぶ》ってく？　こんな感じか？」
　おにぃの指先から、太さ3センチ程の炎が、長さ1メートル程で放射されていきます。
ワタシ「そんな感じそんな感じ！　それで、お水で囲ってある中の雑草をどんどんあぶってね」
おにぃ「分かった」
……
　こんな感じの作業を繰り返すこと二十数回。
おにぃ「終わった～」
ねぇね「やった～」

ワタシ「お疲れさま～」
　無事に裏庭全体を除草することが出来ました。
ワタシ「ねぇね、最後に、裏庭全体に軽くお水を撒《ま》けるかな」
ねぇね「万が一、火が残ってたら危ないからね？」
ワタシ「そうそう」
　念には念を、ということで、しっかり散水仕上げなのです。
ワタシ「早く終わって良かったね」
おにぃ「そうだな。それに、ちょっと楽しかったな」
ねぇね「そうそう、魔法の練習にもなったし、イイ依頼だったかも」
　そんな会話をしていると、
メアリー「もしかして、もう終わったのかい？」
　依頼主のメアリーさんが声をかけてきました。
おにぃ「はい。終わりました」
ねぇね「ました」
メアリー「それはまた随分と早かったね～。おや？　焦げ臭いけど、もしかして火を使ったのかい？」
おにぃ「水魔法で燃え広がらないようにしながら、火魔法で雑草を燃やしました」
ねぇね「あ、最後にちゃんと水を撒きましたので、火事の心配は大丈夫だと思います」
メアリー「それは大したもんだね～。よく魔力切れを起こさなかったね」

ねぇね「魔法は得意なんです」

メアリー「へぇー、小さいのに大したもんだね〜。燃やしてくれたおかげで、ゴミも出ずに済んだし、ありがとうね。それじゃあ、完了報告書を用意するね」

ということで、完璧な仕上がりを見せたワタシ達３人の初作業依頼。

依頼主さんにもご満足いただけたようで、なによりです。

◆◇◆◇◆

時刻はお昼過ぎ。

草刈りの依頼を無事に終えて、ハンターギルドに戻ってきたワタシ達３人。

いつもより少しだけ人が多いギルドのホールに入った途端、朝いなかったいつもの受付のお姉さんが勢いよく私達を手招きしてきました。

アイリーン「『シュッセ』の３人さ〜ん、こっちへいらっしゃ〜い」

いつもより少しだけ目つきが鋭い気がする、いつもの受付のお姉さんことアイリーンさんにお呼ばれなのでした。

「「「こんにちは〜」」」

アイリーン「はい、こんにちは〜。そして、昨日はありがとう！　あのおすそ分け、凄く美味しかったわぁ〜。あんなに美味しいもの、初めて口にしたかも」

挨拶早々、昨日のおすそ分けについて、小気味よく語り始めてしまったアイリーンさん。

　おすそ分けを気に入っていただけたようで、なによりです。

（きっとアレじゃないかな？　女性は甘いものが好きだから、ジャムの追加おねだりとか？）

　そんなことを思ったので、
ワタシ「甘い蜜、気に入ってもらえました？」

　と聞いてみましたが、返ってきた答えは、ワタシの想像とは違うものでした。

アイリーン「ん？　ああ、蜜も甘くて美味しかったけど……違うの、そうじゃないの。お肉よ、あの干し肉、アレはなに？　凄くパンチの効いた塩っけに、粒の香辛料の辛みが絶妙で、エールとの相性が凄かったわぁ～」

　意外や意外、アイリーンさんはビーフジャーキーにご執心のようです。

（アイリーンさん、意外と酒豪なのかな？）

　そんなことを思っていると、ワタシ達の会話に別の声が割り込んできました。

マスター「何言ってやがる、あの小分けにされた蜜の、その色とりどりの甘さと言ったら、まさに甘露！　アレを塗ったら、普通の黒パンが最上のデザートになっちまったぜ！」

　どうやら強面のマスターさんは、小袋ジャム派のようです。

（人は見かけによらないな～、まさかあの強面マスターさんが甘党だったなんて）

アイリーン「とにかく、『シュッセ』の3人さん、今からお時間大丈夫かしら？」

おにぃ「えっと、今、依頼が終わったので、その完了手続きが終わったあとなら」

アイリーン「そういうことですね。それではちゃっちゃと完了処理をしちゃいますね」

おにぃ「それじゃあ、これ、完了報告書です」

早速、草刈り依頼の完了処理をしてもらいます。

このタイミングで、現金もある程度持っておいた方がイイと思ったワタシは、

ワタシ「今回の依頼達成金は、現金でお願いします」

とお願いしておきます。

今回の依頼の報酬50リルから、税金と手数料を引かれた40リル、大銅貨４枚をおにぃが受け取ります。

おにぃ「ありがとうございます」

ねぇね「ございます」

これで依頼達成。ワタシ達『シュッセ』が初めて受けた普通の依頼は、移動時間も込みで、正味２〜３時間で完了なのでした。

３人で依頼をこなして、40リルが入ってきました。

ひとりあたり約13リル、元の世界の13ドルぐらいだと考えると、１５６０〜１８２０円ぐらいでしょうか。

これで１日やりくりするとなると、前世の感覚だと、ハンターの収入って、割と厳しいかもしれません。

普通の依頼を受けたことで、ハンターの収入のリアルを知ったワタシ達。

（まあ、バリバリのスラムっ児なワタシ的には、ぜんぜん余裕ですけどね）

そんなことを考えていると、ここからが本番とばかりに、アイリーンさんが詰め寄ってきました。

アイリーン「それじゃあ、『シュッセ』の皆さん、ちょっとお時間くださいね。ここではアレなの

で、会議室にご案内します」

どうやらワタシ達、別室にご案内されちゃうみたいです。

◆◇◆◇◆

アイリーンさんに誘導されてやってきたのは、ハンターギルドの2階にある、10人程が入れるそれ程大きくない会議室。

アイリーン「今から関係者を呼んできますので、ちょっとだけ待っててくださいね」

そう言って会議室から出ていってしまうアイリーンさん。

ワタシもねぇねもおにぃも、これからなにがあるのか、なにをされるのか不安になってしまい、3人で手をつないで会議室の隅でかたまり、ちょっと顔面蒼白気味です。

ねぇねに至っては、ワタシの手を握ったその手が、プルプルガクブルし始めてしまいました。

（なんだろう。おすそ分けの追加のおねだりにしては、仰々しいというか……）

そんな時、ふと、意外な人物も同じ部屋にいることに気づきました。

なぜだか食堂の強面マスターさんまでも、一緒に会議室について来ていました。

（あれ？　なんでマスターさんも会議室にいるの？）

ワタシの視線に気づいたのか、マスターさんが話しかけてきます。

マスター「まあそう警戒しなさんな。悪い話じゃぁないからよ」

どうやらマスターさんは、それなりに事情を知っているみたいです。

　すると、会議室に男性2人と女性2人が入室してきました。
　白髭のおじいちゃんと、丸メガネのインテリさんと、ギルドの制服を着たふくよかなおばちゃんと、そしてアイリーンさんでした。
白髭「急に呼び出してすまないね。まずは自己紹介からさせてもらおう。ワシはギルド支部長のローガンという」
丸メガネ「同じく副支部長のイーサンです」
おばちゃん「私は購買部で主任をしているハンナだよ」
アイリーン「そして私は既にご存じでしょうけど、アイリーン。受付の主任をしているわ」
マスター「最後にオレは食堂のマスター兼、物資調達部の主任で、名はメイソンだ」
　どうやらワタシ達、ギルドのお偉いさん達に呼び出しを食らっているみたいです。
支部長《ローガン》「まあ、早い話が、君達がアイリーンとメイソンに渡した干し肉と蜜の小袋。それをハンターギルドに卸してほしい、というお願いなんだよ」
　気の良いおじいちゃん風の支部長ローガンさんが、ざっくり簡単に今回の状況説明をしてくれました。
　昨日、アイリーンさんとマスターさんに渡したビーフジャーキーと小袋ジャム。
　それを食したお2人が、ハンターギルドとして是非とも取り扱うべきだと幹部会議に持ち上げてきた、ということみたいです。
アイリーン「あの干し肉は凄く美味しかったわ。アレの存在はもっと広く知らしめるべきだと思うの」

ハンナ「今朝私も食べたけど、良いモノだね。購買部として是非とも取り扱いたいもんだよ」
マスター「オレはあの小袋の蜜を、食堂でパンと一緒に出したいんだ」
ワタシ「あの、干し肉と小袋の蜜を、ハンターギルドで販売する、ということですか？」
ハンナ「そういうことさね」
　美味しい、良いモノだ、ギルドで売りたい、そう言ってもらえて、おすそ分けしてよかったと思っていると、
副支部長《イーサン》「こちらでもいろいろ調べさせていただきました。中身もさることながら、干し肉と蜜を包んでいた見たことがない透明な袋。水分や匂いも漏れ出さない、とても不思議な袋です。多分、あなた方の特殊な能力によって召喚したモノなのでしょう？」
アイリーン「ごめんなさい。『シュッセ』の皆さんが、特殊な納品依頼をこなしていることは、ハンターギルドとして把握しているの」
　どうやらワタシ達に特殊な能力があり、その能力を使って珍しいモノを調達していることはバレバレだったみたいです。
（まあ、依頼の処理をしていれば、どこからどういう依頼があって、誰が何をしたかなんて、一目瞭然ですもんね）
マスター「まあ、なんだ。このタイミングで、ギルドという組織にいろいろ任せちまえば、今までみたいにコソコソせずに済むんじゃないかってことだ」
支部長《ローガン》「ということなんじゃが、どうかの？　ハンターギルドに任せてみんか？」
　どうせバレているのなら、堂々とハンターギルドに任せてしまってもいい気がします。

　ということで、ワタシとしては前向きな感じで、ねぇねとおにぃの意見を聞いてみます。

ワタシ「ワタシは別にいいと思うけど、ねぇねとおにぃはどう？」

おにぃ「あの、それは、おチビが創り出しているモノなんだ。だから、おチビが不利にならないようにして欲しいです。おチビのお願いを聞いてほしいです！」

ねぇね「おチビちゃんの能力がバレると、きっとおチビちゃんが危ないことになると思うんです。だから、おチビちゃんを守ってください」

「「お願いします！」」

ワタシ「え？　ねぇね！　おにぃ⁉」

　ねぇねとおにぃが、それはワタシの能力だと、みんなの前でいきなりカミングアウトしてしまいました。

　根が素直な2人には、これ以上、隠し事をするのは難しかったみたいです。

マスター「まあ、その辺も見当はついてる。お前らを見てりゃぁ、大体分かるってもんだ」

　どうやら全部、バレテーラ。

　ワタシ達の隠し事なんて、全てお見通しのようです。

マスター「それにアレだろ？　オレとアイリーンに贈り物をしたってことは、ギルドから目をかけてほしいとか、そういう意図があったんだろ？」

ワタシ「え？」

　ワタシ達はただ単に、最近お世話になっているからという理由でおすそ分けしただけだったのですが、ワタシ達の贈り物をしたという行為自体に、庇護《ひご》を求めるとか、そういう裏があったのではと思われていたみたいです。
（それは誤解というか、純粋に日頃のお礼だったのですよ～。子供がそこまで根回し的なこと、考えつかないですよ～。賄賂的な、山吹色のお菓子的なこと、全然考えてませんよ～。ブーブー！なのですよ～）
　ワタシが頭の中でマスターさんのオトナの思考に不満を表明していると、
マスター「だがな、おチビの能力だけが必要って訳じゃぁないんだぜ？」
アイリーン「あなた達お２人の魔法の実力は、ギルド内でもかなり噂になってるの」
　魔法の講習でいろいろやらかしていたねぇねとおにぃは、既に知る人ぞ知る存在になってしまっているようです。
副支部長《イーサン》「ということで、我々ハンターギルドとしては、チーム『シュッセ』を対象にして、交渉したいと考えています」
おにぃ「おチビだけじゃなくて、オレ達３人？」
ねぇね「い、いいんですか？」
支部長《ローガン》「うむ。優秀なハンターを囲い込むのは、ギルドとして当然のことよ」
おにぃ「あ、ありがとうございます」
ねぇね「ございます」
支部長《ローガン》「それでは、ハンターギルドが君達を保護するならば、そういうことでいいのかな？」
おにぃ「はい」
ねぇね「お願いします」

どうやら、ワタシ達がビーフジャーキーと小袋ジャムをハンターギルドに納品すれば、ハンターギルドがワタシ達３人を守ってくれるみたいです。

　脱スラムしたばかりの子供にとっては、この上なくありがたいお話です。

◆◇◆◇◆

副支部長《イーサン》「それでは、具体的な条件を詰めていきましょう。まずは、納品可能な量とそのペースを教えていただけますか？」
ワタシ「えっと、干し肉も小袋の蜜も、２～３日に１回、全種類１００個ずつぐらいなら持ってこれると思います」
副支部長《イーサン》「１００個？　そんなにたくさん？」
ハンナ「全種類って、あの小袋の蜜も全種類ってことかい？」
ワタシ「はい。小袋の蜜はたしか10種類あったと思うので、合計で１０００個になるのかな？」
副支部長《イーサン》「１０００個？　それを２～３日で？」
ハンナ「そんなにたくさん、大丈夫なのかい？　体に負担とかないのかい？」
ワタシ「特に負担とかないので、大丈夫です」
副支部長《イーサン》「分かりました。こちらとしては、無理のない範囲で出来るだけ、ということでお願いしたいと思っています。そうですね～、少し余裕を見て、５日に１度、干し肉も小袋の蜜も全種類１００個ずつ納品、ということでいかがでしょう？」

ワタシ「それで問題ありません」

副支部長《イーサン》「ありがとうございます。それでは次に、その見返り、報酬について具体的に詰めましょう」

支部長《ローガン》「まずはハンターギルドが君達を保護するということだが、具体的にはなにを望むのかの？」

ワタシ「どうする？　ねぇねとおにぃは、どうしてほしい？」

おにぃ「おチビが決めてくれ」

ねぇね「そうね。おチビちゃんが望むようにしてほしい」

ワタシ「ワタシの望みでいいんですか？」

おにぃ「ああ」

ねぇね「ええ」

ワタシ「それなら～、ワタシたちがなにか揉め事に巻き込まれたら、どんなことでも、とにかく仲立ちというか、仲裁をして欲しいです」

支部長《ローガン》「仲裁をするだけでいいのか？　君達の味方をするのでなく？」

ワタシ「法律とかいろいろあって、ワタシたちが悪い場合もあるかもしれませんし。それに、お貴族様とか凄く偉い人が相手だったら、ハンターギルドでも……」

支部長《ローガン》「ハッハッハ、おチビなのにいろいろ考えておるの。あい分かった。とにかく、どんな揉め事でもハンターギルドが仲裁をし、極力君達の味方になることを約束する」

ワタシ「いいんですか？　やったー！」

「「ありがとうございます！」」
支部長《ローガン》「うむうむ」
　ということで、ワタシ達3人は、ビーフジャーキーと小袋ジャムを対価にして、ハンターギルドという強力な後ろ盾を得たのでした。
副支部長《イーサン》「それでは、次のお話に移りましょう」
ワタシ「え？　もう終わりじゃないの⁉」
副支部長《イーサン》「見返りについては決まりましたので、納品物への報酬のお話に移ります」
ワタシ「え？　今のが報酬ではないんですか？」
副支部長《イーサン》「いえいえ、今のはあくまでもあなた達3人をハンターギルドが囲い込むことに対する見返りです。納品物に対する報酬は別ですよ」
ハンナ「そうさね。ただでモノを巻き上げるような真似、ギルドがする訳にはいかないさね」
マスター「おチビ、お前、ハンターギルドがそんなぼったくりみたいな真似すると思ってたのか？」
ワタシ「いえ、そういうつもりじゃなかったんですけど……」
副支部長《イーサン》「まあとにかく、納品物に対して報酬は別途支払いますのでご心配なく」
おにぃ「あ、ありがとうございます」
ねぇね「ございます」
副支部長《イーサン》「それで納品物の対価なんですが、具体的に希望はありますか？」
おにぃ「希望？　どうする？」

ねぇね「おチビちゃん、なにが欲しい？」
　ここでワタシは考えます。
　これはチャンスなんじゃないかと。
（【ジョシュア雑貨店】への納品で、お金は今後も定期的に稼げると思うんだよね～。だからこの際、お金じゃなくて、ワタシたちが手に入れにくいモノを……）
ワタシ「あのですね？　対価はお金以外でもイイですか？」
副支部長《イーサン》「ハンターギルドで対応可能であれば構いません」
ワタシ「それでしたら、今、ワタシたちが住んでいる、ハンターギルドの裏庭にある、背の高い草むらをくれませんか？」
おにぃ「ねぐらの草むらか！」
ねぇね「それって、いいかも！」
支部長《ローガン》「裏庭にある草むら？　どこの土地だ？　誰か知っておるか？」
アイリーン「たぶん、裏庭の広場の一番北側にある草むらのことだと思います」
副支部長《イーサン》「ああ、その土地でしたら、隣地との境界線が曖昧で、今後係争の可能性があるため、整備せず放置している場所ですね。資産としての価値は、ほぼ無いに等しいです」
支部長《ローガン》「うむ。そんなあやふやな土地みたいだが、それでいいのかの？」
ワタシ「はい。とりあえず使えるのなら、問題ないです」
副支部長《イーサン》「場合によっては、隣家との係争になるかもしれませんよ？」
ワタシ「はい。大丈夫です」

（隣家って、今日草刈りしてきた【マダムメアリーの薬店】のことでしょ？　メアリーさん、背の高い草むらは自分の土地じゃないと認識していたし、問題ないはず！）

支部長《ローガン》「ならばよかろう。その土地を対価として、納品を頼むことにしよう」

ワタシ「ありがとうございます」

おにぃ「オレ達の土地だ！」

ねぇね「やったー！」

　ということで、今住んでいるねぐらのある草むらをゲットしたワタシ達３人。

　ついにワタシ達、土地持ちになったのでした。

……

ワタシ「あ～疲れたよ～、緊張したよ～」

ねぇね「怖かったね～、でもよかったね～」

おにぃ「そうだな～」

　今日は初めて普通の依頼を受けたり、草刈りは全くの戦力外だったり、そして、おすそ分けのビーフジャーキーと小袋ジャムがギルドの偉い人達に話題だったりと、忙《せわ》しない一日でした。

　終いには、ハンターギルドがワタシ達３人の実質的な後ろ盾になってくれることになるし、ねぐらとして使っている軽パコを隠している草むらを貰うことが出来たりと、まだ5年ちょっとしか生きていませんが、人生で一番めくるめく一日でした。

　今は夕方少し前、ワタシ達３人のいつものお夕飯タイム。

　ギルドの偉い人達から解放されたワタシ達３人は、その足でギルドの食堂へ赴き、一緒に戻って

きたマスターさんに
ワタシ「いつものヤツお願いします」
　と注文をして、すぐに出てきたお食事をペロリとたいらげました。
　そしていつものカウンター近くの席で、３人で食後にまったりとくだをまいているところなのです。
おにぃ「干し肉と小袋の蜜は、いつハンターギルドに渡すんだ？」
ワタシ「最初は明後日にしてもらったよ～」
ねぇね「明日は【ジョシュア雑貨店】の蜜と石鹸の納品するの？」
ワタシ「１日おきだから、明日は納品するよ～」
おにぃ「なんだか、おチビばっかり大変になっちまったな」
ねぇね「そうだね。おチビちゃんに頼ってばっかりだよ」
ワタシ「そんなことないよ？　今日の草刈りだって、ねぇねとおにぃの魔法で終わらせたんだし……ワタシ……草刈り……なんにも……できなかったし……」
おにぃ「ん？　あ～、寝ちゃったかな？」
ねぇね「そうだね。今日はお昼寝してないしね」
おにぃ「それじゃあ、オレが負《お》ぶってくな」
ねぇね「うん。お願いね」
　来客が少ない時間帯、夕暮れ前のハンターギルドのホール。
　その食堂のカウンター付近のテーブル席の一角。

最近そこは、忙しなく働くギルド職員がちょっと楽しみにしている場所。

手を休めて聞き耳を立ててしまう、無意識に目を向けてしまう、そんなちょっと気になる空間なのでした。

◆◇◆◇◆

ワタシ「ワタシたちのお庭をキレイにしよ～」

「「お～！」」

ワタシ「がんばるぞ～」

「「お～！」」

　ハンターギルドの会議室でいろいろ決まった翌朝。

【ジョシュア雑貨店】へのいつもの納品も終えた午前のちょっと遅い時間。

只今ワタシ達３人は、やる気満々のシュプレヒコールをしています。

あれよあれよといううちに、なんだか棚ぼた的に今住んでいる草むらをいただいてしまったワタシ達３人。

貰ってしまったモノは有効活用しなければ申し訳ないということで、早速キレイに整備開始なのです。

ワタシ「まずは、昨日の草刈りの依頼の時と同じ方法で、草むらの草をとっちゃお～」

おにぃ「全部刈っちゃうのか？」

ねぇね「外から見えないように、残してほしいかも」
ワタシ「う～ん、全部じゃなくて、外側は残して、草の壁みたいにできたらいいよね？」
ねぇね「そうしてくれると、嬉しい！」
ワタシ「それじゃあ、ねぇねが草を消しちゃってもいいと思う場所からはじめよっか」
「「おー！」」

　そんな感じで1時間ちょっと。

　周囲を1メートル程の厚さの草の壁で囲う形で、私達のお庭が出来ました。

　お庭の広さは大体50～60平方メートルといった感じ。

　ハンターギルドの土地と【マダムメアリーの薬店】の土地に挟まれているので道には面しておらず、出入りするのは今までどおり、ハンターギルドの裏庭の広場経由になります。

ワタシ「もう、コソコソしなくていいと思うから、広場側に作ったテントも取っちゃおうか？」
おにぃ「そうだな」
ねぇね「もう、ここは、私達のお家だもんね」

　ということで、ダミーとして建てていたボロボロのテントっぽい何かも撤去です。

ワタシ「どうせなら、表札でも立てておく？」
おにぃ「ひょうさつ？　なんだそれ？」
ねぇね「誰のお家か分かるように、お名前を書いておく看板みたいなのでしょ？」
ワタシ「そうで～す。でも、お名前じゃなくて、チーム名『シュッセ』って書くの、どうかな？」
おにぃ「いいんじゃねぇか？　分かりやすくて」

ねぇね「お名前書いても、きっと誰にも分かってもらえないもんね」

　ということで、ボロボロのテントっぽいモノに使っていた木の板に、小石で傷をつける感じで『シュッセ』と刻み、それを草の壁の広場側に立てかけておきます。

ワタシ「これで、この草の壁の中は、ワタシたち『シュッセ』のお家で〜す」

おにぃ「すげぇ〜」

ねぇね「夢みた〜い」

　朝から良い仕事をしたとばかりに、充実したニコニコ笑顔のワタシ達３人なのでした。

　その日のお昼過ぎ、お庭をキレイにして大変満足したワタシは、お昼寝タイムに突入です。

　その間、ねぇねとおにぃは、先日【想像創造】した【ボードゲーム　９ｉｎ１　ゲームセレクションセット】を使って、リバーシゲームに夢中です。

　そして小一時間程してお昼寝からスッキリ目覚めたワタシは、目の前に広がる、自由に使えるなにもないお庭を、あらためて見渡します。

　その場でひとり目を閉じて、感慨深げに腕組みしながらウンウンと唸る、おチビなワタシ。

（う〜ん。これ、ワ・タ・シ・た・ち・の、お庭なんだ〜。もう、周りを気にしてコソコソしなくていいんだ〜。それに、ここでならなにをしてもいいんでしょ？　だったら、楽しいお庭にしたいよね〜）

　そんな感じで、ひとり静思タイムです。

　本人としては、格好つけて雰囲気を出しているつもりなのですが、はたから見ると、ただただコックリコックリしているだけに見えます。

おにぃ「どうした？　眠いのか？」
ねぇね「まだお昼寝してていいよ？」
　そんな心配をされてしまうワタシなのでした。
明日は、ハンターギルドにビーフジャーキーと小袋ジャムの納品があります。
納品物は前日に用意しておくのがワタシのスタイル。
なので、今日の【想像創造】は、残り１回分自由に使えることになります。
（よ〜っし、みんなで楽しく、体を動かせるヤツ、そう、アレを【想像創造】！）

【屋外用大型トランポリン　ガードネット付き　直径16ＦＴ（４８７㎝）耐荷重３５０㎏　２２５００円】

（やった〜！　創れた〜！）
おにぃ「うぉっ？　なんだなんだ？」
ねぇね「え？　なにこのおっきな、カゴ？」
　突然、なにもなかったお庭に、直径５メートル近いネット付きの大型トランポリンが出現すれば、張本人であるワタシを除いて、誰でも驚くでしょう。
ワタシ「これはね、トランポリン」
ねぇね「とらんぽりん？」
ワタシ「そう、このハシゴをのぼって、網の中に入って、ぴょんぴょんするの」

おにぃ「へぇー、飛び跳ねるのか？」
ワタシ「そうそう。ぼよ～んぼよ～んって、飛んでるみたいで面白いよ？」
ねぇね「へぇー、おもしろそう」
おにぃ「それじゃ、やってみようぜ」
体格差なのか、体重差なのか、跳ねる音がまるっきり違う3人のトランポリン。
バイ～ン
バイ～ン
バイ～～ン
トランポリンの中心付近で、1メートル近く空中を跳ね上がるおにぃ。
おにぃ「うわっっほ～い！」
ぼよよ～ん
ぼよよ～ん
ぼよよよ～ん
トランポリンの端の方で、10センチ程の跳躍を楽しむねぇね。
ねぇね「あははっ！　あははっ！」
ぽよん
ぽよ
ぽん
ぽよ
そして、その2人の中間地点で、両者の跳ねる振動波の影響をもろに受け、荒波に飲まれる小舟のような感じになって、ひとり制御不能な揺すられ状態に陥っているワタシ。

まるで、ひとりでエアー柔道的に乱取りをしているような、受け身の練習をしているかのようです。

お尻、背中、お腹と、着地場所をコロコロ変えながら、ただただなされるままに、その身をゆだねることしか出来ないワタシ。

ワタシ「およよよ、およおよ」

元々跳躍力のちょうの字もないおチビなワタシとしては、自力で飛び跳ね続けるのはハナから望み薄。

よそ様から振動力をいただいて、飛び跳ね続けている他力本願的な今の状況は、本人としてはこれはこれで大変おつなモノで、自分で自分をコントロール出来ないこの状況を、むしろキャッキャしながら喜んでいたのでした。

◆◇◆◇◆

前日のトランポリンで全身がやや筋肉痛気味なワタシとねぇね。

特に首筋と内ももにきています。

（たしか前世の記憶だと、筋肉痛が2日後にくるのが、オトナの証だったよね？　ということは、まだまだワタシ、ステキなオトナには、ほど遠いんだな～）

前世の間違った知識で、オトナへの憧れを語る、おチビなワタシ。

おにぃだけは元気溌剌《はつらつ》で、朝食後はトランポリンにまっしぐら。

そんなちょっと遅めの午前中です。

前日に【想像創造】で用意しておいた、今日のハンターギルドへの納品物【本格熟成ビーフジャーキー　30ｇ　１２０個セット　粒胡椒　和風ダレにんにく風味　９９８００円】。

このうち、20個は、ワタシ達のお食事用に抜き取っておきます。

なので、納品数は１００個です。

【給食用小袋ジャム　業務用セット　いちごジャム　オレンジマーマレード　ブルーベリージャム　りんごジャム　チョコレートスプレッド　ピーナッツクリーム　つぶあん　はちみつ　メープルゼリー　レーズンクリーム　15ｇ×１２００袋　３２４００円】。

このうち、全種類20袋、計２００袋も、ワタシ達のおやつ用に抜き取っておきます。

なので、納品数は１０００袋です。

ということで、ビーフジャーキー１００個と小袋ジャム１０００袋が入った段ボール数箱を、お引っ越しの時以来、２度目の出番となる銀色ボディの頼れるヤツ、アルミ製折り畳みリアカーに載せて、ハンターギルドの裏口に横づけです。

ワタシ「受け渡しって、どうやるのかな？」

ねぇね「会議室の時、食堂のマスターさんが調達の主任だって言ってたよ？」

おにぃ「それじゃあ、食堂に行って、マスターを呼んでくればいいのか？」

そんな会話をしていると、

マスター「おう、その通りだ！」

ハンターギルドの裏口を開けて、食堂の強面マスターさんが、ババ〜ン、といった感じで登場です。

「「「ひっ（゜ロ゜）!」」」

おにぃ「ビックリした〜」

マスター「アッハッハッ、悪りぃ悪りぃ。ちっとばっかし脅《おど》かそうと思って隠れてたんだわ」

どうやらマスターさんは、それ程お忙しい人ではないみたいです。

（むしろ、お暇なのかな？）

マスター「それで、その銀色の派手な荷車の上に載ってる茶色い樹皮の箱が、今日の納品物なのか？」

ワタシ「はい。干し肉１００袋と、小袋の蜜10種類１００袋ずつで１０００袋、段ボール箱に入れてきました」

マスター「ん？　だんぼぉる？」

ワタシ「その茶色い箱のことです」

マスター「オレの知らねぇモノみてぇだが、この箱ごと貰っちまっていいのか？」

ワタシ「はい。ただの入れ物の箱なので、どうぞ」

マスター「分かった。そんじゃあ、荷物はオレがギルドに運び入れちまうぜ？」

おにぃ「お願いします」

ねぇね「します」

マスター「あいよ。それじゃあ、ヨッコラ……ん？　この箱、随分とまた軽く出来てるな。なのに、ちゃんと箱としてそれなりの強度はあるのか」
ワタシ「その箱、段ボールは、紙でできてるんですよ？」
マスター「紙？　また随分と豪勢な箱だな～」
ワタシ「紙だと豪勢なんですか？」
マスター「そりゃそうだろ。紙はそれなりに貴重で、箱にするにゃあ勿体ねぇよ。これ、ホントに貰っちまってイイのか？」
ワタシ「もちろんです」
マスター「なんか別の、軽いモノを輸送する時に使えそうだな」
ワタシ「あ、でもその段ボール、そんなに丈夫じゃないですよ？　あと、お水とかにも弱いです」
マスター「その辺は紙らしいんだな。あ、そうそう紙で思い出したぜ。危ねぇ危ねぇ。これ、今回の納品の完了報告書な」
ワタシ「依頼じゃないのに、ちゃんとしてるんですね」
マスター「まあな。一応、土地との引き換えだっただろ？　だから念のためってヤツだ。あの例の土地の権利譲渡証明も兼ねてる。ちなみに今回は依頼じゃないから、税金も手数料もとらないぞ？　まあ、タダみたいな土地だから、2割控除しようとしても、0リルからじゃいくら頑張っても引くことは出来ないがな？　ガ～ッハッハッハ、こりゃ傑作だぜ！」
　ワタシ達に報告書を差し出しながら、突如豪快に笑い始めたマスターさん。
　きっと今の会話の中に、前世のアメリカンジョーク的な、なにかしら笑いのツボ的なモノがあったのでしょう。

（マスターさんは、笑いのツボが浅いのかもしれませんね）

納品の完了報告書兼土地譲渡証明書は、いつもの通り、おにぃが受け取って、ねぇねにそのままスルーパスです。

おにぃ「ありがとうございます」

ねぇね「ございます」

これで、ハンターギルドへの初めての納品は終了です。

見知ったマスターさんが担当してくれて、内心ほっとしていたワタシなのでした。

◆◇◆◇◆

マスター「それで次なんだが、これが、指名依頼書だ」

ワタシ「指名依頼書？」

終わったと思ったら、新たな書類をワタシ達に差し出すマスターさん。

今度は、おチビなワタシが背伸びして受け取ります。

マスター「次回以降の納品継続依頼だな。次は5日後でいいんだろ？」

ワタシ「さすがギルドですね。ちゃんとしてるんですね」

マスター「ハッハッハッ、一応、公的機関だからな。それと、次回以降の納品物の買取単価とかも書いてあるから、目を通しておいてくれ」

ワタシ「え？　納品物の買取単価？」

　受け取った指名依頼書を見てみると、買取単価が書いてありました。
【透明袋入り味付き干し肉（極上）1袋30ｇ　買取単価30リル】
【透明小袋入り蜜各種（極上）1袋15ｇ　買取単価15リル】
マスター「悪いが値段はこちらで決めさせてもらった。だが、それ程悪い金額じゃないはずだ」
ワタシ「買取ってことは、もしかして、お金もらえるんですか？」
マスター「当たり前だろ？　会議の時にも言ったと思うが、ギルドはぼったくりなんかしないんだぜ？」
ワタシ「で、でも、草むらの土地をもらったから、それが報酬だって」
マスター「それは今日の、初回の納品に対する報酬だ。報酬とは言っているが、あそこは無価値な土地で、実質タダなんだ。アレだけを対価に、今後ずっとお前達から干し肉と小袋の蜜を巻き上げたとあっちゃ、ギルドの沽券《こけん》に関わるって訳だ。だから今後の納品時には、ギルドからキチンと金を支払うことになってる。指名依頼扱いだから、完了手続きが必要だが、その分ちゃんとギルドへの実績が残るぞ？」
おにぃ「オレ達に、指名依頼？」
ねぇね「え？　お金貰えるの？」
ワタシ「い、いいんですか？」
マスター「あたぼうよ！　むしろ、会議の時にちゃんと説明しなくて悪かったな」
　ワタシ達３人にとっては、降って湧いたような、ありがたいお話です。
草むらの土地を貰えただけで、お顔がニヨニヨしちゃう程嬉しかったワタシ達３人。

それなのに、更に今後、ビーフジャーキーと小袋ジャムを納品するたびにお金が貰えて、しかも指名依頼として実績を残してくれるそうです。

ビーフジャーキー１００個で、３００００リル。前世の日本円で大体、３６００００〜４２００００円ぐらいです。

小袋ジャム１０００袋で、１５０００リル。前世の日本円で大体、１８００００〜２１００００円ぐらいです。

次回以降も、同じ量を納品した場合、５日ごとに、１８０００リル。

前世の日本円で大体、２１６０００〜２５２０００円ぐらい貰えることになります。

（ひょぇ〜、すごい大金、お金持ちです〜。全く実感はないけど……）

マスター「これからお前ら『シュッセ』は金持ち確定だな！　だが今後も毎日、ギルドの食堂で金を落としてくれよ？」

「「もちろんです！」」

こんな感じで、嬉しいビッグサプライズと共に、無事？　ハンターギルドへの初納品は終わったのでした。

◆◇◆◇◆

嬉しいビッグサプライズがありましたが、無事、ハンターギルドへのビーフジャーキーと小袋ジャムの納品が終わったので、ワタシ達は草むらのお家にＵターンです。

おにぃ「それじゃあ、帰りもオレが荷車を引くけど、帰りはおチビ、荷車に乗ってくか？」
ねぇね「私も、私も乗ってみたい！」
おにぃ「おお、いいぜ！　2人乗っても余裕だろ」

そんな会話をしていると、

マスター「いや、全員乗れ。オレが引く」

納品物を持ってギルドに引き返したと思っていたマスターさんが、再度ワタシ達に話しかけてきました。

どうやら『マスターさんは割とお暇』説は、かなり的を射ていたようです。

ワタシ「え？　マスターさんがリアカーを引くんですか？」
マスター「ん？　この銀色の派手な荷車は、『りあかぁ』というのか？」
ワタシ「はい。折り畳み式のリアカーです」
マスター「ん？　この『りあかぁ』は、畳めるのか？」
ワタシ「そうです。使わないときは、小さくたたんでしまっておくんです」
マスター「ほぉ～、そいつは便利そうじゃねぇか」

そんな会話をしていると、まさか自分が乗れるとは思っていなかったおにぃが、いの一番にリアカーに乗っかります。

おにぃ「オレ、いっちば～ん！」
ねぇね「あ～、私も、私も～」

おチビなワタシはひとりではリアカーに乗れないので、先に乗ったねぇねとおにぃに引っ張り上げてもらいます。
マスター「それじゃあ、出発するぞ～。ヨッコラしょっと……んん？　なんだ？　嫌に軽く引けるじゃねぇか」
ワタシ「えへへぇ～、すごいでしょ～」
マスター「お前ら３人載せて、１００kgぐらいはあるだろうに、軽々引けるな」
おにぃ「オレ達、これで引っ越ししたんです」
ねぇね「お荷物全部載せられたの」
マスター「ふぅ～ん。悪くなさそうだな～。これはうまいこと運用すれば……1台に折り畳んだ数台を乗せて、現地で……あとはこいつがどれだけ丈夫なのかだが……」
　なんだか急に、マスターさんがブツブツと独り言を始めてしまいました。
（どうしたんだろう急に。またアメリカンジョーク考えてるのかな？）
　そんなことを考えている間も、マスターさんが引くリアカーは、ハンターギルドの裏庭の広場を突き進みます。
　無意識なのかわざとなのか、徐々にリアカーを引くスピードを上げているマスターさん。
マスター「お前ら、振り落とされるんじゃねぇぞ～」
おにぃ「ひゃっほー、らくちんラクチ～ン！」
ねぇね「きゃ～、速いね～、楽しいね～」
　リアカーのタイヤが小石に乗り上げるたび、キャッキャと楽しげに笑うねぇねとおにぃ。
　ワタシはねぇねの腰のあたりの服を鷲掴みにして、振り落とされないように必死です。

舌を噛まないようお口を閉じても、リアカーが揺れるたびにお口がカパカパ開いてしまい、自然と変な声が出てきます。

ワタシ「あわわわ、うわわ」

　おチビなワタシには、リアカーのちょっとした揺れでも、大地震なのです。

ワタシ「あわわぁ〜、ゆぅれぇるぅ〜」

　期せずして始まったリアカーによる人力車ごっこ。

　ふと思うと、ワタシ達3人が自分達以外の人と、こうして戯れるのは初めてかもしれません。

　ワタシ達3人にとっては思いのほか楽しくなった、草むらのお家への帰り道。

　最後は、なぜかむきになったマスターさんのリアカー全力疾走を満喫して終了したのでした。

◆◇◆◇◆

マスター「お邪魔するぜ」

「「「いらっしゃ〜い！」」」

　ワタシ達のお家の玄関（草むらの小道）を通り、折り畳んだリアカーを運ぶワタシ達4人。

　そう、4人です。

　ここまでワタシ達を乗せてリアカーを引いてくれたお礼に、ワタシ達のお家にマスターさんをご招待したのです。

　もちろん、ワタシ達3人にとって、初めてのお客さんです。

マスター「ほぉ〜、結構広いじゃねぇか。外からじゃ分からなかったが、中はちゃんと整備してあるんだな」
おにぃ「そうなんです」
ワタシ「ねぇねとおにぃの魔法で、除草したんだ〜」
マスター「魔法で除草？　そいつはすげぇじゃねぇか」
ワタシ「でしょでしょ？　ねぇねとおにぃは凄いんです！」
　腰に手をやり胸を張り、『むふぅ〜』と自慢げに語るワタシ。
ワタシ「ねぇねが水魔法で燃え広がらないようにして、おにぃが火魔法で雑草を燃やしたんだ〜」
おにぃ「オレ、火魔法は得意なんです」
ねぇね「私、魔法を使うのが好きなんです」
マスター「ほうほう。それは有望だな。それで、あの、奥にある車輪がついた鉄の大きな箱はなんだ？」
　ねぇねとおにぃのことをもっと自慢したかったのですが、マスターさんの興味は他に移ってしまったみたいです。
おにぃ「あれは、俺達の新しいねぐら、ケッパコです」
マスター「ケッパコ？　また聞いたことがないヤツだな。ねぐらってことは、家か？　それにしちゃあ、ちいとばっかり小さくないか？」
ねぇね「私達にはちょうどいい大きさなんです。それにキレイで快適なんです」
マスター「ふぅ〜ん。車輪付きの家ねぇ〜。青銀の塗料が塗られた金属がベースで、ガラス窓まであるのか……多分本来の使用方法は……というか、あのガラス、かなりヤバいな……まあ、こいつら3人なら、あれぐらいの大きさでも十分家として使えるんだろうな」

またもやブツブツと独り言モードに入ってしまったマスターさんでしたが、とりあえず納得したみたいです。

マスター「それで、あの、網で囲われている、大きなカゴはなんなんだ？」

今度は別のものに興味を示したマスターさん。

ワタシ「あれは、トランポリンといって、中に入ってぴょんぴょんする遊び道具で～す」

マスター「遊び道具？　あんなデカぶつが？」

おにぃ「あの中で飛び跳ねると、凄く高く跳べるんです」

ねぇね「とっても楽しいんですよ？」

マスター「ほぉ～？　それは面白そうだな。オレもやってみていいか？」

「「「どうぞ～」」」

ということで、マスターさんがトランポリンでホッピング＆ジャンピング開始です。

ぶぁうぃい～ん

ぶぃうぃい～ん

ぶぅうぃい～ん

ぶぇうぃい～ん

ぶぉうぃい～ん

ワタシ達が使う時とは明らかに違う爆音を奏でるトランポリン。

その中で、ひとり満面の笑みを浮かべているマスターさん。

マスター「うおっほぉ〜いっ、うわっほぉ〜いっ。ハッハッハッハッハ。こいつぁ面白れぇ〜な。まさかオレが、ここまで跳び上がれるとはな！」

強面の、たぶん１００kgぐらいあるゴリマッチョの男性が、ワタシ達に向けてニコニコスマイルです。

表情筋を総動員して、面の皮を強引にひきつらせた感じの破顔です。

爆音を伴いつつ両足でホッピングし、最高到達点付近でこちらに愛想（たぶん）をふりまいています。

時と場所によっては、下手をすると、かなり危険な事案になるかもしれない感じのお顔です。

（きっと、知らない人が見たら、全力で逃げられちゃうんだろうな〜。まあ、ワタシ達は、マスターさんのこと知ってるから大丈夫だけど……）

そんな感じで十数分の疑似空中散歩を楽しんだマスターさん。

とっても満足気です。

マスター「いやぁ〜楽しかった。いろいろ知ることも出来たし、今日はここに来れて良かったぜ！」

ワタシ達３人が、初めてお迎えしたお客さん。

お茶を出すとか、そんなオモテナシ的なことは一切出来ませんでしたが、ご満足いただけたようでなによりです。

ワタシ「なにもお構いできませんでしたが、よろしければ、またいつでも来てくださいね？」

「「来てください！」」
マスター「おう！　また寄らせてもらうぜ！」
片手を上げ、その言葉とともに、颯爽と草むらの小道を帰っていくマスターさん。
時刻はもう、ワタシがいつもお昼寝をする時間です。
ワタシ「マスターさんって、朝からずっとワタシたちと一緒にいたよね？」
ねぇね「ギルドの偉い人なのに、お仕事とか、大丈夫なのかな？」
おにぃ「きっと暇だったんじゃないか？」
どうやら『マスターさんは割とお暇』説は、核心をついていたようです。
ワタシ「ギルドの偉い人は、昼間遊んでても怒られないんだね」
ねぇね「そうみたいね」
おにぃ「だな」
ワタシ達３人の中で、ハンターギルドの幹部職員に対する憧れが、ちょっと弱まったのでした。

◆◇◆◇◆

マスター「オレの想像以上だったぜ」

ここはハンターギルドの３階にある支部長室。

日没直後のこの部屋に、ハンターギルドの主だった幹部が勢ぞろいして、今話題の子供３人組のチームについて、報告会が開かれているところです。

副支部長《イーサン》「想像以上とは？」
マスター「奴らの住処《すみか》に行ってきたんだが、そこでいろいろ知ることが出来た。まず、奴らが住んでる例の土地だが、外からは一見、ただの草むらなんだが、少し中に入ると、すっかり除草されていて、既に庭として綺麗に整備されていた」
副支部長《イーサン》「ほう？　魔法でですか」
マスター「どうやら坊主と嬢ちゃんが魔法で処理したらしい」
マスター「嬢ちゃんが水魔法で燃え広がらないようにしながら、坊主が火魔法で雑草を燃やしたようだ」
ハンナ「なかなか面白い魔法の使い方をするじゃないか」
アイリーン「噂では聞いていましたが、本当に登録したてのハンターとは思えない魔法の能力ですね」
マスター「ああ、坊主と嬢ちゃんの２人もかなりヤバいな。そして本題のおチビの能力だが、小物だけじゃなく、かなりの大物まで創り出しているみたいだ」
副支部長《イーサン》「大物ですか？」
マスター「ああ。驚く程軽く引ける金属製の派手な荷車や、草むらの奥には鉄とガラスでできた車輪付きの小屋、更には、直径５メートルぐらいでオレが使ってもびくともしない丈夫でデカいカゴの遊具まであったな」
副支部長《イーサン》「直径５メートルのカゴの遊具ですか、どういうものなのかよく分かりませんが、たしかに大きなものですね」

マスター「でも何といっても一番の驚きは、おチビが創り出しているモノ、それら全てがとんでもなく出来がいいということだ」
アイリーン「たしかに！　あの干し肉は絶品だったわ！」
マスター「いやいや、そんな次元じゃねぇんだ。例えば今日オレが引いた荷車だが、奴ら3人乗せても軽々引けて、尚且つ、オレが全力疾走で引っ張っても、全然壊れるそぶりもなかったんだぜ？」
ハンナ「あんたの馬鹿力で？　普通の荷車なら、ただじゃすまない状態になっちまってるだろうに」
マスター「車体は見慣れねぇ金属でできていて丈夫、車軸に何らかの工夫があって滑らか、車輪は黒い変なモノに覆われていてそれが衝撃を緩和している、そして最後には折り畳んで小さく出来るときたもんだ」
副支部長《イーサン》「ほう？　それはまた魅力的な荷車ですね」
マスター「だろ？　今後是非ともハンターギルドに納入してもらいたいもんだぜ」
副支部長《イーサン》「なるほど。今後の検討課題ですね」
マスター「ほかにも、鉄とガラスでできた車輪付きの奴らの小屋、あのガラスの大きさと透明感は驚きだったし、とにかくおチビの創り出すものは、突飛で無上だ」
ハンナ「それで、あのおチビちゃんは、いつでも何でも創り出せるのかい？」
マスター「無制限に何でも、という訳にはいかないで何らかの制限があるみたいだが、身体的にも精神的にも、そして金銭的にも負担なく、モノを創り出せるみたいだ」

副支部長《イーサン》「ふむ。負担なくモノを創り出せる能力ですか。使い方によっては、化けますね」
マスター「オレもそう判断した。坊主と嬢ちゃんの魔法、そしておチビの創造能力、これは金の卵だぜ」
副支部長《イーサン》「報酬の上乗せを決定した我々の判断は、どうやら正しかったみたいですね」
支部長《ローガン》「異常な程の魔法の能力を有する、赤髪の子犬と水色の野ウサギ。そして、底が知れない創造能力を有する、灰色のおチビなチンチラといったところかの」
ハンナ「今じゃギルド職員の憩いというか、マスコット的な存在になっちまってるよ」
アイリーン「いつも彼らがやってくる夕方前になると、ギルドフロアが急に静かになりますからね」
ハンナ「みんな彼らのことが気になって、聞き耳を立てているんだろうさ」
支部長《ローガン》「今の彼らには選択肢が少ない故、盲目的にハンターギルドで活動してくれておるが、今後もそうとは言い切れぬ。彼らにハンターギルドが嫌われぬよう、努々《ゆめゆめ》粗雑な扱いはせぬようにな」
副支部長《イーサン》「心得ております。ハンターギルド全体に周知徹底させましょう」

◆◇◆◇◆

今はお昼ちょっと過ぎ。

初めてのお客さん、マスターさんが満足気に帰っていく姿を見送ったワタシは、早速いつもの日課、お昼寝タイムに突入です。

その間、ねぇねとおにぃは、今日も【ボードゲーム　９ｉｎ１　ゲームセレクションセット】を使って、リバーシゲームです。

ルールが簡単で覚えやすく、そこそこの時間で楽しめるリバーシゲームは、やはりここでも最強のようです。

そして小一時間程してお昼寝からスッキリ目覚めたワタシは、目の前に広がるお庭の更なる拡充を目論みます。

またも腕組みしながらウンウンと唸り、ひとり思考を巡らせるおチビなワタシ。

（う～ん。トランポリンは楽しかったな～。けど、おチビなワタシには、ちょっとだけ早かったかも……もうちょっと、ワタシひとりでもちゃんと遊べるモノがいいな～。だったらアレかな？　公園の定番的な、アレにしようかな？）

そんな感じで、ひとりでちょっと画策タイムです。

本人としては、なにかのプロデューサー気取りなのですが、はたから見ると、ただただコックリコックリしているだけに見えます。

おにぃ「眠いんだろ？　まだ寝てろって」

ねぇね「そうだよ？　お昼寝してていいんだよ？」

またもオヤクソク通りの心配をされてしまうワタシなのでした。

明日は、【ジョシュア雑貨店】にはちみつと石鹸の納品があります。

納品物は前日に用意しておくのがワタシのスタイルなので、今日はあと１回、【想像創造】が使えます。

（よ～っし、公園の定番、ワタシでも無理なく遊べるヤツ、そう、アレを【想像創造】！）

（アレ？　ダメか～。それじゃあ、もう少し安そうなヤツで、【想像創造】！）

……

【一面式すべり台　中型　高さ１８００×巾５１６０×奥行き１０００㎜　スベリ面３・６ｍ（ステンレス曲げ加工）　２９８０００円】

（やった～！　創れた～！）

今までに何度か【想像創造】しましたが、創れる時とそうでない時の違いが、なんとなく分かってきました。

（たぶん、大きさや重さじゃなくて、お値段だと思うんだよね。レベルと創り出せるモノの金額に、なにか関係がある気がするんだよね）

ひとり、【想像創造】スキルについて、そんな考察をしていると、周りが騒がしくなってきました。

おにぃ「うぉっ？　またおチビか？」

ねぇね「え？　おチビちゃん、またなにか創ったの？」

またも突然現れた大きな構造物に、ねぇねとおにぃは驚きますが、前回のトランポリンの時ほどではありません。

きっと２人とも、おチビちゃんの仕業《しわざ》だと分かっているからなのでしょう。

ワタシ「これはね、すべり台」
ねぇね「すべり台？」
ワタシ「そう、このハシゴを上《のぼ》って、上まで行ったら、ひゅ〜ってすべるの」
おにぃ「へぇー、すべるだけなのか？」
ワタシ「そうなの。でもね？　するする〜ってして、速くて楽しいよ？」
ねぇね「へぇー、私すべってみたい！」
おにぃ「それじゃ、オレも！」

　ということで、早速すべり台に向かうねぇねとおにぃ。

　スタタタタ

　スイ〜ン

おにぃ「ひゅい〜！」

　おにぃは階段を軽快に駆け上がり、その勢いのまま豪快に頭からすべり下りてきました。

　コトンコトンコトン

　……

　スルゥ〜ン

ねぇね「ひゃ〜！　楽し〜！」

　ねぇねはゆっくりながらも階段を一段一段しっかり上り、すべる直前に少しためらいがありましたが、最後はご機嫌で足からすべり下りてきました。

ワタシ「よいしょっ、よいしょっ、よいしょっ……」

コットン、コットン、コットン……

おチビなワタシは、階段を上るのも一苦労。

右足を上のステップに上げ、両手で手すりをつかみ、勢いをつけて左足で軽くジャンプして、体全体で階段を上ります。

一歩一歩、一段一段、全身を使ったクライミングです。

ワタシ「はぁぁ～、疲れた……」

すべり台の頂上に達した時には、既に程よくグロッキー気味なワタシ。

当然、すぐにすべり台をすべり降りる気分ではありません。

ということで、ちょっと座って休憩をと、ワタシがすべり台のすべり面に足先を進めた時でした。

ツルッ
ワタシ「ん？（・_・）」

ぽてっ
ワタシ「あいたっ（>_<）」

スル～

ワタシ「ほよ？（。・_・?）」

パコン
ワタシ「あうちっ（>_<。）」

ズルルルル～

足をすべらせ、尻もちをつき、そのまますべり出してしまったワタシ。

そして、すべり出してすぐに、今度は幼児特有の重たい頭が、すべるスピードに追いつかない感じで後ろに倒れてしまいました。

すべり面の比較的柔らかなステンレスに、ゆっくり軽くコテンと頭を倒す感じになってしまったワタシ。

そんな見事な4連コンボが決まってしまったのでした。

おにぃ「大丈夫か⁉」

ねぇね「おチビちゃん！」

ワタシの初めてのすべり台は、上り１００秒、下り10秒。

ワタシ「……今日も……いい天気……」

上空の青いお空だけが目に映った、ちょっと物悲しい滑降なのでした。

ワタシひとりでも遊べると思ったすべり台。

残念ながら、その思惑は外れてしまいました。

その後、心配したねぇねが、ワタシ単独のすべり台使用を禁止。

ねぇねが後ろからワタシを抱きかかえる感じの、タンデムスライディングのみが許されたのでした。

（まあ、これはこれで嬉しいから、いいんですけどね！）

【第4章】✦ポーションづくり

おチビなワタシにとって、すべり台が予想以上に難易度高めだと身をもって知らされた日の翌日。
朝の少し遅い時間に【ジョシュア雑貨店】へ、いつものはちみつと石鹸の納品に向かったワタシ達3人。

ジョシュア「いやぁ〜、領主館への売り込みが、ようやくイイ感じになってきたよ」
ジェーン「あんた達のおかげさ」

そんなお言葉をいただいて、嬉しくなるワタシ達3人です。

ねぇね「お役に立てたなら、嬉しいです！」

特にねぇねは満面の笑み。

朝から気分がいいワタシ達なのでした。

その後、ワタシ達3人は、その納品完了報告をするため、ハンターギルドのいつもの受付にやってきました。

「「「こんにちは〜」」」
アイリーン「はい、『シュッセ』の皆さん、こんにちは」
おにぃ「いつもの完了報告をお願いします」
ねぇね「します」
アイリーン「はい、承りますね。報酬の処理はいつも通り、ということでよろしいですか？」

ワタシ「はい、お願いします」

　そんな感じで、淡々と進められる事務手続き。

　もう、慣れたものです。

　受付のアイリーンさんは、依頼内容も金額も一切口に出さない、今日も完璧なプロのお仕事です。

　最後にワタシ達3人のギルド証を提示して、依頼完了手続きは無事終了。

　次は掲示板でも覗いてなにか依頼を物色してみようかな、というタイミングで、アイリーンさんが話しかけてきました。

アイリーン「実は、『シュッセ』の3人に、指名依頼が来ています」

「「「え？」」」

おにぃ「指名依頼ですか？」

ねぇね「それって、マスターさんが言ってた！」

ワタシ「ハンターギルドへの納品のヤツですよね？」

アイリーン「いいえ違うの。それとは別件になります。ここでお話しするのはアレなので、別室で詳しいお話をさせてもらいたいんですが、今からお時間いいですか？」

　どうせ掲示板で依頼を探そうと思っていたワタシ達3人です。

おにぃ「時間は大丈夫です。だよな？」

ねぇね「うん」

ワタシ「大丈夫で～す」

アイリーン「それでは今から別室にご案内しますね？」

窓口で話し込んでしまうと、いろいろな人に聞き耳を立てられてしまいます。

情報の漏洩防止を徹底してくれる、頼れる受付、アイリーンさんなのです。

ということで連れてこられたのは、以前、ハンターギルドの幹部と会った、2階の会議室でした。

アイリーンさんが入り口付近の司会者席みたいな場所に着席しつつ、私達にも席に着くよう促します。

アイリーンさんの対面の席に腰を下ろすワタシ達3人。

でも会議室にあるのは、大人用の大きな机と椅子。

おチビなワタシはひとりでは座れないので、おにぃに抱き上げてもらい、ねぇねとおにぃの間の席に座らせてもらいます。

　ワタシが着席して前を見ると、視界の下半分は机で、残りの上半分にアイリーンさんのお顔が見えました。

　きっとアイリーンさんからは、ワタシの頭とおでこぐらいしか見えていないことでしょう。

　そしてワタシ達3人全員が着席すると、アイリーンさんが説明を始めます。

アイリーン「『シュッセ』を指定して、【マダムメアリーの薬店】から指名依頼が来ています」

おにぃ「【マダムメアリーの薬店】？」

ワタシ「お隣さんだね」

ねぇね「あ！　草刈りしたとこ？」

アイリーン「そう。先日『シュッセ』が草刈りの依頼を受けたところですね。その時、魔法を使って草刈りしたんでしょ？」

ワタシ「そう！　ねぇねとおにぃが魔法で草刈りしたんだ～」

　ここぞとばかりに『むふぅ』と気を吐き、ねぇねとおにぃは凄いぞアピールをするワタシ。

　ちょっと小鼻が開き気味です。

アイリーン「ええ、そう聞いてるわ。その時の魔法、火魔法と水魔法に、店主のメアリーさんが興味を持たれたみたいなの」

ねぇね「興味？」

アイリーン「火魔法と水魔法は、ポーション作りに欠かせないの。だからでしょうね」

おにぃ「へぇー」

ねぇね「前回の依頼で私達が魔法を使ったから、今回指名依頼が来たんですか？」

アイリーン「そういうことでしょうね」

おにぃ「へぇー、そんなことになるとは思ってもみなかった」

アイリーン「1級のハンターが指名依頼を貰うことなんて、滅多にないことですもの。凄いことだわ」

ワタシ「それで、その依頼は、具体的には、なにをする依頼なんですか？」

アイリーン「依頼内容としては、ポーション作りの補助となってるわね。要は、ポーションを作るお手伝いでしょうね」

　ポーションなんて見たこともないワタシ達３人。

　そんな依頼がワタシ達に出来るのか疑問です。

おにぃ「ポーションなんて見たことないけどな」

ねぇね「お手伝いなんて出来るのかな」

ワタシ「アイリーンさんは、この依頼、どう思いますか？」

アイリーン「そうね〜、ポーションの作り方は教えてもらえるはずだし、受けてみてもいいんじゃないかしら。依頼主も、まずはお試しみたいな感じだったし、気楽な感じでいいと思うわよ。今の『シュッセ』には、良い経験になると思うし」

　ハンターギルドの受付のプロ、アイリーンさんもおすすめみたいです。

　今回は、魔法目当てということなので、完全にねぇねとおにぃのための依頼です。なので当然、ねぇねとおにぃの意見が最重要です。

ワタシ「ねぇねとおにぃはどうしたい？」

おにぃ「もちろん、やってみたい！」

ねぇね「魔法でポーション作りなんて、なんか楽しそう！」

ワタシ「じゃあ、この依頼受ける？」

「「おー！」」

　ねぇねとおにぃはやる気満々です。

　でも、ワタシは少し不安なので、アイリーンさんに確認してみます。

ワタシ「あの、アイリーンさん、これ、ねぇねとおにぃへの依頼だと思うんですけど、ワタシもついて行っていいんですか？」

アイリーン「もちろんよ？　だって、これは『シュッセ』への依頼で、『シュッセ』は3人でしょ？」

おにぃ「そうだぞ、おチビも一緒だぞ」
ねぇね「おチビちゃんが一緒じゃなきゃ、依頼受けないもん」
アイリーン「先方にもそこは確認してあるから、大丈夫よ」
「「「ありがとうございます！」」」
　ということで、ワタシがついて行っても迷惑にならないようです。
　安心して【マダムメアリーの薬店】からの指名依頼を受けることが出来そうです。

◆◇◆◇◆

【マダムメアリーの薬店】からの指名依頼を受けることになったので、なにか注意しておくべきことがあるのか確認しておきます。
ワタシ「アイリーンさん、指名依頼を受けるとき、なにか気を付けることとかありますか？」
アイリーン「指名依頼だから、ということで言えば、特にないわね、大丈夫よ」
ワタシ「そうなんですね」
アイリーン「ただ今更なんだけど、指名依頼は、受けると大きな実績値になる分、断る時はちょっと厄介なの」
ワタシ「断ると、厄介なんですか？」
アイリーン「ええ。正当な理由がない限り、断ると実績にペナルティーが科せられちゃうのよ」
おにぃ「え？」

ねぇね「そうなんだ」
アイリーン「でもまあ、指名依頼を断ることって滅多にないことだから、そんなに心配しなくていいと思うわよ」
ワタシ「へぇー、そうなんですね」
　初めて指名依頼を受けるワタシ達には、あまり実感がないお話です。
　個室にいる今なら周りを気にせずお話が出来るので、以前から気になっていたこともついでに聞いてしまいます。
ワタシ「ところでワタシたち『シュッセ』は、ハンターギルドの庇護下にいるんですよね？」
アイリーン「そうね。先日の会議で決まった通り、ハンターギルドは『シュッセ』の後ろ盾になります」
ワタシ「それって逆に言うと、ワタシたちはハンターギルドの指示に従わなければならないってことですか？」
アイリーン「う～ん、そこは正直難しいのよね。我々ハンターギルド側としては、そうしてもらえるとありがたいんだけど、だからといって、ギルドがハンターの行動に制限をかける訳にはいかないと思うのよね。だから、なにかあった時、こちらからの相談を聞いてほしい、といった感じかしらね。逆もまたしかりで、なにかあったら、とにかくこまめにいろいろ相談してくれるとありがたいわね」
ワタシ「なるほど」
アイリーン「まあ、依頼関係は必ず受付を通すでしょうから、その時私にいろいろお話ししてね？」
おにぃ「分かりました」
ねぇね「ました」
　ここでワタシは、一番確認しておきたかったことを聞いてみます。
ワタシ「あの、今更なんですけど、ワタシたち、ギルドの庇護下に入る前から、納品の常設依頼を受けてますけど、これはいいんですか？」
アイリーン「正直に言えば、その納品もギルドに預けて欲しいのは確かね」
ねぇね「え？　ジェーンさんの、ジョシュア雑貨店の納品、出来なくなるの？　ジョシュア雑貨店の納品だけは、ずっと続けたい！　です……」
　急に立ち上がり、声を張るねぇね。
かと思えば、急に尻すぼみ。
顔色は青ざめ、かなりショックを受けているみたいです。
アイリーン「そこは今までどおりで大丈夫よ？　ギルドがハンターから依頼の仕事を奪うことなんて許されないことですからね」
おにぃ「いいんですか？」
ねぇね「よ、よかった〜」
　ぽすんと椅子にへたり込むねぇね。
気が抜けたような、安心したような、そんな脱力した感じです。
スラムを抜け出せた今のワタシ達があるのは【ジョシュア雑貨店】のおかげです。

今後も関係を続けたいと思うのは、ねぇねだけではなくワタシ達3人の共通の想いです。
ワタシ「よかったね～」
おにぃ「あの店は、オレ達にとって、特別だもんな！」
ねぇね「うん！」
　ねぇねに笑顔が戻って、一安心です。
アイリーン「ただ先程も言った通り、なにかあったら、どんな些細なことでも、すぐに相談してね？」
「「わかりました」」
　そんな感じで、初めての指名依頼を受けるついでに、いろいろ教えてもらったワタシ達なのでした。

◆◇◆◇◆

おにぃ「こんにちは～、ハンターギルドの依頼で来ました～」

「「こんにちは～」」

　やってきましたお隣さん、今回ワタシ達『シュッセ』をご指名の【マダムメアリーの薬店】です。

メアリー「おやおや、『シュッセ』の3人さん。よく来てくれたね」

　依頼主のメアリーさんは、前回の草刈り依頼の時と同様に、ニコニコ笑顔の糸目でワタシ達3人を出迎えてくれました。

メアリー「来てくれたってことは、指名依頼を受けてくれる、そういうことでいいのかい？」

おにぃ「そうです」

「「よろしくお願いします」」

メアリー「そうかいそうかい。それじゃあ、早速案内しようかね」

ということで案内されたのは、中央に大きなテーブルがあり、壁際にびっしり大きな棚がいくつも並べられたお部屋。

その棚は、等間隔に同じ大きさのマス目に分かれていて、整然としています。

（郵便局内で見た郵便物の分別棚みたいかも）

前世で年始の年賀状配達のバイトをした時の記憶が一瞬頭をよぎったワタシ。

棚にはこれまたたくさんの壺やらビンやらが収められており、全てを見るだけでも大変そうです。

そんなことを思っていると、メアリーさんがひとりの女の子を連れてきました。

メアリー「この子は私の孫娘でアリス。今日はこの子と一緒に、ポーション作りのお手伝いをお願いするよ？」

アリス「アリスです。今日はお手伝い、よろしくお願いします」

そう自己紹介してくれたのは、ねぇねと同じか少し小さいぐらいのカワイイ女の子。

作業用なのか、濃紺のエプロンと、頭には白い三角巾を着けたゆるふわ茶髪のお孫さんは、ワタシ達に微笑んでくれました。

ワタシ達３人はつい先日まで現役バリバリの欠食児だったので、体格は実年齢よりかなり小さめ。

そう考えると、アリスちゃんの年齢は、ねぇねより下なのでしょう。

ねぇね「こんにちは、よろしくお願いします」

おにぃ「こんにちは」

ワタシ「よろしくお願いします」

　挨拶も済んだので、早速お仕事開始です。

メアリー「今日はアリスと一緒にポーション作りの助手をしてもらうんだけど、最初に一通り私が作業を見せるから、その手順を覚えてもらえるかい？」

おにぃ「分かりました」

ねぇね「お願いします」

　ということで、まずはメアリーさんにポーション作りを一通り見せてもらえることになりました。今日は魔法がメインのお仕事なので、ワタシ的には出番がありません。

　ちょっと下がった場所で、みんなの作業を見守る態勢に入るワタシでした。

　作業机からちょっと離れて、みんなの作業を遠目から見守るワタシ。

　でも、少しでもねぇねとおにぃの役に立ちたいワタシは、隙あらばバックアップする気満々です。

(まずは作業手順を覚えるのか～。それなら、書き留められるモノが必要だよね？)

　ということで、こっそり【想像創造】しちゃいます。

(書くものとかいろいろセットのヤツ、【想像創造】！)

【文房具セット　小学生女の子用（クマとネコのキャラ絵付き）道具箱、筆箱、下敷き、Ａ４自由ノート、２Ｂ鉛筆10本、色鉛筆12色、鉛筆削り器、消しゴム、ネームペン、物差し、のり、セロテ

ープ、はさみ　７８８０円】

文房具のセットというと、小学校の入学祝いに親からプレゼントされるような、ファンシーなモノしか想像出来なかったワタシ。

思いのほか、ラブリーなモノが創り出されてしまいました。

（なんか、お仕事に使うにはちょっと場違いな感じがするけど……）

そんなことを思いながらも、実はけっこう気に入っていたワタシ。

いそいそと、クマさんとネコちゃんの絵が描かれたノートと鉛筆を両手で抱きかかえるように持って、ねぇねとおにぃに交ざります。

メアリー「まずは、そこの1番の棚の1番目の枠から10番目までの枠に入っている壺を持ってきて、その中の粉末を適量摘まむんじゃ」

メアリー「1番の量はこのぐらい摘まむ、2番は少し少な目でこれくらい摘まんで、3番は……」

メアリーさんが具体的な分量の説明をしていますが、ワタシ目線では、どう見てもテキトーな目分量にしか見えません。

（え？　量とかちゃんと量《はか》らないの？　そんなのどう考えたって、あとで再現できないよ？）

そう思ったワタシは、再度【想像創造】で必要なものを創ります。

（ちゃんと量れるヤツ、【想像創造】！）

【化学計量セット　ビーカー、フラスコ、メスシリンダー、精密はかり、タイマー　１３８００円】

量るモノ、そう想像したら、化学の実験でお馴染みのセットが出てきました。

キッチリしっかり計測出来る精密器具で、機能美にあふれた佇まいをしています。

（う～ん。文房具と違って、こっちは凄く実用的というかなんというか……可愛くないかも）

クマさんとネコちゃんのキャラもの文房具を先に手にしていたワタシ。

その後だっただけに、落差にガッカリなのでした。

それはそれとして気分を入れ換え、メアリーさんの説明会に参加するワタシ。

そして、ちょっとタンマと声を上げます。

ワタシ「すいません。お話し中でごめんなさいですけど、ちょっといいですか？」

メアリー「おや？　なんだいおチビちゃん。あっちの長椅子に座ってていいんだよ？」

ワタシ「いえいえ、そうじゃなくてですね？　その、なんで粉の量をちゃんと量らないのかなって」

メアリー「ん？　そこは長年のカンというか、そこが薬師の技量の見せ所だからね。それに、こんな摘まんだぐらいの粉の量なんて、量れはせんよ」

（いやいや、それじゃあ、素人のねぇねとおにぃにはなにもできませんよね？）

ワタシ「あの、ワタシたちにはそれは難しいと思うんで、メアリーさんが摘まんだその粉の量を量っていいですか？」

メアリー「ん？　ああ、量れるのなら別に構わないさね」

ということで、ねぇねとおにぃに手伝ってもらいながら、早速計量開始です。

本当は全部ねぇねとおにぃにやってもらいたかったのですが、計量器具の目盛りがワタシしか読めない日本語（アラビア数字）なので、最終的にはワタシが全部読み取ってノートに記すことになります。

そんな感じで全ての粉末の計量が終わったら、今度は実際に作成する工程に入ります。

メアリー「次はこの容器に水魔法で水をこれくらい入れて――」

ワタシ「すいません。そのお水の量を量らせてもらっていいですか？」

メアリー「あ？　ああ、構わないとも」

……

メアリー「次はこの容器に火魔法で直接過熱して――」

（タイマーで時間を計っておかなきゃ！）

……

そんなことを繰り返し、ようやくメアリーさんによるポーション作成のデモンストレーションは終了したのでした。

メアリー「今回は途中途中でいろいろあったけど、とりあえず手順としてはこんなもんさね。なにか質問はあるかい？」

おにぃ「いいえ」

ねぇね「大丈夫だと思います」

メアリー「そうかい？　それじゃあ、アリスと一緒に――」

ここでまた、メアリーさんの話をさえぎって、ワタシは声をかけます。

ワタシ「あの、すいません」

メアリー「ん？　なんだいおチビちゃん。またなにか量るのかい？」

ワタシ「いいえ。あの、最初に一度だけでいいんで、ワタシたちだけでポーションを作ってみていいですか？」

ねぇね「え？」

おにぃ「オレ達だけで？」

メアリー「ほぉ？　『シュッセ』だけで？　わたしゃ別に構わないけど、さっきの説明だけで、出来るのかい？」

ワタシ「たぶん大丈夫だと思います」

ねぇね「本当に？　私達だけでポーション作れるの？」

おにぃ「ん〜。なんか不安だよな」

ワタシ「手順と材料の分量はばっちりメモったから、大丈夫、大丈〜夫！　ねぇねとおにぃは魔法がすごく上手だから、きっとうまくできるよ！」

おにぃ「そうか？」

ねぇね「おチビちゃんがそう言うなら」

メアリー「それじゃあ、わたしゃちょっと休憩してくるから、その間に作ってみておくれ」

ワタシ「わかりました」

「ありがとうございます」

　ということで、早速再現実験ならぬ、再現ポーション作りなのです。

◆◇◆◇◆

ワタシ「まずは1番の壺の粉を23㎎、２番の壺の粉を11㎎……」

　クマさんとネコちゃんのノートを片手に、ちまちまと精密はかりで重さを量りながら材料を用意するワタシ。

　フラスコや精密はかりの文字が日本語（アラビア数字）なので、ワタシにしか読めないため、計量関係の作業は全てワタシがやることになってしまいました。

（あれ？　今日の指名依頼はワタシは戦力外で、ただねぇねとおにぃを応援するだけだと思ってたのに……）

　そう思いながらも手は休めず、準備を進めます。

ワタシ「ねぇねはこのガラス容器、ビーカーの、この目盛りまで魔法でお水を入れてね」

ねぇね「うん、分かった」

……

ねぇね「これでいい？」

ワタシ「そうそう、完璧。それじゃあ、次は、こっちの容器に移し替えて、おにぃの出番だね」

おにぃ「ん？　オレか？」

ワタシ「この容器のお水にさっき量った粉末を入れて、おにぃの火魔法で温めるんだけど」

おにぃ「さっき見てた通りでいいんだろ？」

ワタシ「そう、ワタシが止めるから、それまで加熱してね？」

おにぃ「りょーかい」

……

　そんな感じの作業が進み……、
　ワタシ達だけで作ったポーションが出来上がりました。

「「「できた～！」」」

ワタシ「できたね～」

おにぃ「意外と簡単だったな」

ねぇね「でも、ちゃんとできてるのかな。色もちょっと、メアリーさんが作ったのと違う気がする
し……」

おにぃ「そう言われると、ちょっと違う気がするな」

ねぇね「もしかすると、失敗かも」

ワタシ「え？」

　ねぇねからの『失敗』という単語を聞いて固まってしまうワタシ。

（ガーン　Σ(￣ロ￣lll)）

ワタシ的には手順通り行って完璧だと思っていました。

自信があっただけに、かなりショックは大きめです。

そんな会話をしていると、メアリーさんが休憩から戻ってきました。

メアリー「どうだいあんた達、ポーションはできたかい？」

おにぃ「はい。できました」
ねぇね「ただ、ちょっと色が変で」
メアリー「ん？　色が変？　ちょっと見せておくれ」
ねぇね「これです」
　ねぇねがメアリーさんに出来立てほやほやのポーションが入った容器を渡します。
メアリー「どれどれ？　ん？　お？　ほう。これは良いじゃないか。良い出来だよ」
「「「よかった〜」」」
　失敗かな？　と言われてかなり不安だったのですが、メアリーさんから逆に称賛され、ほっと一安心。
　予想外の細かな計量作業をしたこともあり、ちょっと気疲れしちゃったワタシなのでした。
メアリー「これは良いポーションだよ！　色が濃くて、魔力が豊富なのが一目瞭然だよー！」
失敗だったのではと戦々恐々だった、ワタシ達３人だけで作ったポーション。
今回の指名依頼の依頼主である【マダムメアリーの薬店】店主のメアリーさんに見てもらうと、こんな感じで絶賛してくれました。
興奮しているのか、メアリーさんの糸目が、いつもよりちょっとだけ広く見開かれています。
メアリー「きっと、使った魔法水に含まれている魔力が豊富だったんだろうね。それに火魔法による加工の時も、魔力の損失が少なかったんだろうね。いやぁ〜今回の指名依頼は大当たりだね。２人とも将来有望だよ」
ワタシ「大当たりですか？　将来有望ですか？」

メアリー「そうともそうとも。こんな効果が高そうなポーションを作れる魔法使いを発掘出来たんだから、大当たりってもんだよ。２人は魔法使いとして間違いなく成功するだろうさ」
ワタシ「大当たりだって！　有望だって！　よかったね？　ねぇね、おにぃ」
おにぃ「お、おう」
ねぇね「嬉しいけど、なんだかちょっと照れくさいかも」
　そんな会話をしていると、今までずっと無言でワタシ達の作業を見物していた孫娘のアリスちゃんが、最初の挨拶以来、初めて口を開きました。
アリス「あ、あの、今度は私も一緒にポーション作り、やらせてください」
メアリー「ああ、それはいいね。今日はもう私はお休みにしよう。若いみんなでポーション作りをするといいよ」
　本来、ワタシ達３人は、あくまでポーション作りのお手伝いです。
　なので、アリスちゃんと一緒にポーションを作るのは、当然問題ありません。
　ということなので、お返事は決まっています。
ワタシ「もちろんです」
おにぃ「一緒に頑張ろうぜ」
ねぇね「よろしくね」
アリス「よろしくお願いします」
　ということで４人でポーションを作ることになったのですが、ワタシはちょっとお疲れ気味です。
　先程のポーション作りで、細かな計量関係の作業を全てひとりでやったことで、いろいろ気疲れしてしまったみたいです。

（また計量関係の作業を全部ワタシがやならないとダメなのかな～。アリスちゃんも加わるんだからワタシはもう……そうだ！　ワタシじゃなくても計量ができるようにすればいいんだ！）

　ということで、早速準備にとりかかります。

　先程使っていたプリティーなノートと鉛筆で、こちらの数字とアラビア数字の対応表を書き出します。

おにぃ「ん？　おチビ、なにやってんだ？」

ワタシ「えっとね、これは、このガラス容器とはかりに書いてある外国の数字をここの数字に置き換えてるの」

ねぇね「この左の外国語が右の数字と同じ意味なの？」

ワタシ「そうそう。だから、このノートを見ながらガラス容器とはかりを見れば、量を量れるでしょ？」

ねぇね「そうね。きっと出来ると思う」

ワタシ「それじゃあ、この外国数字の置き換え表と、さっきの手順書を見てポーションを作ってみて？　今度はワタシは見てるから、アリスちゃんとねぇねとおにぃでやってみてね？」

おにぃ「分かった」

ねぇね「うん」

アリス「やってみます」

　ということで、この後の作業はみんなに丸投げ。

ワタシはちょっと休憩とばかりに、お部屋の隅にある長椅子に向かうのでした。

◆◇◆◇◆

ワタシ「んう〜ん……ん？」
お部屋の隅にある長椅子に座ったまでは覚えているのですが、そこからの記憶がありません。
どうやらワタシ、その長椅子の上でお昼寝を満喫してしまったようです。
メアリー「おやおや、起きたのかい？」
同じ長椅子に腰かけていたメアリーさんから声をかけられました。
ワタシ「……すいません、寝ちゃいました」
メアリー「いいんだよいいんだよ、おチビちゃんは寝るのが仕事みたいなもんなんだからね？」
そんな会話をしつつ、周りを見渡してみると、ちょっと離れた作業机では、アリスちゃんとねぇねとおにぃが、まだポーション作りをしているみたいです。
そして、ワタシと同じ長椅子に座っているメアリーさんは、文字と数字がびっしりと書かれた表のようなものとにらめっこしています。
ワタシ「あの、なにを見てるんですか？」
メアリー「ん？　これは薬草類の納品報告書だね。今月分をまとめたものなのさ。でも最近は歳のせいか、文字を読むのが大変でね。特に小さい文字は見にくくてしょうがないよ」
どうやらメアリーさんは、年齢からくる、いわゆる老眼になってしまっているようです。

先程から、報告書を顔に近づけたり遠ざけたり、目を凝らしては眉間にしわを深めています。
（う〜ん。ここはメアリーさんに老眼鏡でもプレゼントしちゃおうかな？　あ、でも、視力って、ひとによって違うよね？。メガネだと、ピントが合わないかもしれないよね〜。それじゃあ、アレにしよう！　【想像創造】！）

【読書用卓上拡大鏡　倍率切り替え機能付き（2倍　5倍　10倍）　据え置き・手持ち可能タイプ
5280円】

（これなら少しは文字を読みやすくなるんじゃないかな？）
そう思った時でした。
目の前に、ワタシのステータス画面が出てきました。

名前：アミ
種族：人族
性別：女
年齢：5歳
状態：発育不良　痩せすぎ
魔法：【なし】
スキル：【想像創造】レベル4（4回／日）

どうやら、スキルのレベルアップをお知らせしてくれたみたいです。

（やった！　【想像創造】がレベル4になって、1日4回使えるようになった！）

今日は3回【想像創造】したので、あと1回、なにかを創り出せることになります。

（あ！　状態が【低栄養状態】から【発育不良　痩せすぎ】に変わってる！　これって、一応、健康になってるってことなのかな？　まあ、それはともかく、今はメアリーさんに【拡大鏡】をあげなくっちゃだね）

ワタシ「メアリーさん、メアリーさん、これ、使ってみてください」

メアリー「おや、なんだい？　どこから出したんだい？　ん？　これはもしかしてガラスかい？　いやでもそれにしちゃぁ、キレイで透明だし、それにやけに軽いんだね」

ワタシ「これは【拡大鏡】といって、これをとおして見ると、大きく見えるんです。こうやって、その報告書の上に【拡大鏡】を持っていくと」

メアリー「ほぉ～、これは凄いねぇ。報告書の文字が大きく見えるよ」

ワタシ「でしょ？　これを使えばちゃんと報告書が読めるでしょ？　今日は楽しい指名依頼をしてくれたので、そのお礼です。もらってくださいな？」

メアリー「え？　いいのかい？　これはかなり高価なんじゃないかい？」

ワタシ「今日は、ポーションの作り方とか、ねぇねとおにぃの魔法の将来性とか、とってもうれしいことを教えてもらえたので、そのお礼をしたいんです。ぜひ、受け取ってください」

メアリー「そうかい？　ありがたいのは確かだけど、でもなんだか貰い過ぎのような気がするよ」

ワタシ「う～ん。それじゃあ、ひとつ、ワタシのお願い、聞いてもらえますか？」

メアリー「いいともいいとも。なんだい？」

ワタシ「また今日みたいに、ねぇねとおにぃにポーション作りの依頼をしてほしいんです」
メアリー「ん？　そんなことでいいのかい？　もちろんお願いするつもりだよ。定期的に来てもらえるよう、依頼を出すつもりだったんだ。ポーションには他にもたくさんの種類があるからね。あの２人に覚えてもらうことは、まだまだ山程あるよ」
ワタシ「やったー！」
メアリー「もちろん、おチビちゃんも一緒に来ておくれ？」
ワタシ「はい。ありがとうございます！」
　うんうんとうなずきながら、にこやかに微笑むメアリーさんの糸目は、いつも以上に細められるのでした。

◆◇◆◇◆

　早速【拡大鏡】を使って薬草類の納品報告書を確認しはじめたメアリーさん。

　その表情は、先程までの苦渋のような困ったような、そんな感じはなくなっていました。

　手持ち無沙汰になったワタシは、興味本位で、真横に座るメアリーさんが見ている報告書を覗き込んでみます。

　縦横で罫線が引かれたそれは、前世でもよく見た集計表のようでした。

（ということは、一番下が合計なのかな？）

　試しに一番ワタシに近くて覗き見しやすい、表の最右の列を上から加算してみます。

（え〜っと、上から、願いましては〜、１１３円なり、89円なり……）

実はワタシ、前世でそろばん４級だったので、暗算はそこそこ得意なのです。

（そろばんは、がんばれば４級までなら普通にとれるんだけど、３級が、３級に越えられない壁が……）

そんなちょっとほろ苦い思いが頭をよぎりつつも、しっかり暗算をこなしたワタシ。

その結果を表の一番下に書いてある数字と見比べると、なんと、一致しませんでした。

（あれ？　暗算間違っちゃったのかな？）

試しに、もう一つ隣の列を暗算してみると、今度は一番下の数字と一致しました。

（これって、最初に暗算した最右列の一番下の数字が間違ってるんじゃないのかな？）

そう思ったワタシは、メアリーさんに話しかけてみます。

ワタシ「メアリーさん、メアリーさん、その表、計算間違ってませんか？」

メアリー「え？　間違ってる？　どこだい？」

ワタシ「その表の一番右下の数字、たぶん違うと思います」

メアリー「どうしてそこが間違ってると思ったんだい？」

ワタシ「実はワタシ、計算は得意なんです」

ちょっと『むふぅ』と胸をそらして自慢げに語ってみましたが、メアリーさんは半信半疑といった感じです。

メアリー「本当なのかい？　計算なんて、おチビちゃんに出来るとは思えないんじゃがのぉ」

ワタシ「本当ですってば〜。それじゃあ、今から目の前で証明しますね？」

ということで、本日4回目の【想像創造】です。

【玉の大きいそろばん　高齢者用11桁　３０８０円】

この【そろばん】を使って目に見えるように計算してみせれば、きっと分かってくれるはずです。

ということで、早速【そろばん】を使って計算してみせることにします。

ワタシ「メアリーさん、今から、この【そろばん】という計算機を使って、報告書の表を実際に計算してみますね？」

メアリー「ん？　計算機？　そうかい？　どこから出したのかよく分からないけど、まあ見せてもらおうかね」

ワタシ「はい。ではまず最初は、この【そろばん】という計算機を初期状態にします。この横棒、梁《はり》っていうんですけど、これをなぞる感じでこうすると」

　パチパチパチパチパチパチパチパチパチ

メアリー「ん？　玉が上下に分かれたね、上は1つで下は4つなんだね？」

ワタシ「そうです。これが御破算という最初の状態です」

メアリー「ふぅ～ん。『ゴハサン』ねぇ～」

ワタシ「それではここから、【そろばん】という計算機に実際に数字を入れてみましょう。メアリーさん、その報告書の表の一番右の列の1行目の数字は１１３でしょ？」

メアリー「ん？　ああそうだね」

ワタシ「１１３は、この【そろばん】という計算機だと、こう、なります」

ぱちんぱちんぱちん

ワタシ「梁についてるこの黒丸を基準にして、１、１、３、こんな感じです」

メアリー「ふむふむ。このハリだったか、これより下の玉を１つと１つと３つ上にするのかい？」

ワタシ「そうです。一番下の桁の数字、３を、梁の黒丸のところに合わせるのが重要です」

メアリー「なるほど」

ワタシ「次に、報告書の表の一番右の列の２行目の数字は89ですが、【そろばん】ではこう、表現します」

ぱちんぱちん

メアリー「ふむふむ。ん？　ということは、このハリの下が４までの数値で、上の狭い方の１つが５を表しているのかい？」

ワタシによる【そろばん】の説明を真剣に聞いてくれるメアリーさん。

メアリーさんはかなり理解力があるようで、【そろばん】の仕組みをすぐに理解してくれました。

ワタシ「そうですそうです。だから、１１３がこうで、89がこう」

メアリー「ほうほう」

ワタシ「それで両方を足すと、こうなるから、合計はこう、数字で２０２ですね」

メアリー「ほぉ～、これは面白い」

ワタシ「じゃあ、続きで一番右の列の３行目数字が――」

……

こんな感じで【そろばん】で表の一列を合計してみた結果……、
メアリー「ほぉ～、確かにこの表のここの計算は間違っとるわぃ」
ワタシ「ですよね？」
メアリー「おチビちゃん、よく間違いに気づいたね～。凄いじゃないかい」
ワタシ「えへへぇ～」
　褒められると嬉しくて、ゆるゆるのお顔になってしまうワタシ。
　今まで、ねぇねとおにぃ以外に褒められたことがなかったワタシ。
　全く褒められ慣れていないだけに、なおさらテレテレしちゃいます。
メアリー「それとこの【そろばん】計算機、凄く便利だねぇ～」
ワタシ「そうでしょ？　お気に召しました？　よかったら、これももらってくださいね？」
メアリー「え？　いいのかい？」
ワタシ「はい、褒めてくれたお礼です」
　ねぇねとおにぃ以外で、1対1でこんなに長い時間お話ししたのは、たぶん初めてなワタシ。
　それがなんだか嬉しくて、あれもこれもプレゼントしちゃうワタシなのでした。

◆◇◆◇◆

　お部屋の隅の長椅子でお昼寝をして気分スッキリ。

　そしてメアリーさんにひとしきり構ってもらって、大変満足したワタシは、アリスちゃんとねぇねとおにぃのポーション作りの作業に交ざることにします。

ワタシ「みんな〜、どうですか〜？　ポーション、できましたか〜？」

おにぃ「おう、けっこうたくさんできたぞ」

ねぇね「粉の量を量るのがちょっと面倒だけど、なんとかできたよ」

アリス「いつも材料の分量はおばあちゃん任せだったのに、今回は全部ひとりで出来ました」

　どうやら孫娘のアリスちゃんは、いつもおばあちゃんに材料の分量を決めてもらっていたみたいです。

ワタシ「こうやって、しっかり量って、手順通りに作れば、たぶん毎回同じものが作れるよ？」

アリス「そう！　そうなの！　そこが凄いの！　おばあちゃんみたいに長年やってる薬師じゃなくても、材料の分量を決められるのが凄いの！　しかも、何度も何度も繰り返し、同じものが作れるの！」

　ワタシの両手をとり、興奮気味に語り始めたアリスちゃん。

　アリスちゃんとおチビなワタシとでは身長差があるので、ワタシは軽く万歳状態です。

　アリスちゃんは興が乗ってきたのか、その場で軽くステップを刻みはじめちゃってます。

（うわぁあああ、なんだか一緒にお散歩中の大型犬に引きずられている気分〜）

　単に嬉しいというだけではなく、なんだかいろいろため込んでいたものを発散している感じのアリスちゃん。

　先程までの、やや無口気味な印象は全くありません。

ワタシ「それじゃあ、今度からは、アリスちゃんひとりでもポーション作れるね？」

ややあって、少し落ち着いたアリスちゃんの顔を見上げつつ、そう問いかけてみると、アリスちゃんの歓喜の舞は、急に終了になりました。
アリス「でも、私、量る道具とか、持ってないし……」
　今度は急に、沈んだ表情になるアリスちゃん。
　アリスちゃんは、かなり喜怒哀楽が激しい女の子のようです。
ワタシ「ん～と、それなら大丈夫だよ？　今日使った計量器具とかは、全部ここに置いていくから」
アリス「え？　そうなの？」
ワタシ「えっと、ワタシたちは、今回指名依頼でお手伝いに来ただけだから、この道具類はここでしか使わないと思うの。だからこれ全部、アリスちゃんにあげるね？　いいよね？　ねぇね、おにぃ」
おにぃ「もちろんさ」
ねぇね「それはおチビちゃんのだから、おチビちゃんの決めた通りでいいよ？」
アリス「おチビちゃん、いいの？」
ワタシ「うん。でもそのかわり、今度ワタシとたちと一緒に、遊んでね？」
アリス「え？　もちろん！」
　そう言ったアリスちゃんは、クマさんとネコちゃんのノートを両手で抱きしめて、ニコニコ笑顔なのでした。
（やったー！　どさくさ紛れに、はじめてのお友達ゲットで～す！）

　ハンターギルドに加入してから、３人だけだったワタシ達の世界は、ちょっとずつちょっとずつ広がってきました。

　外の世界、社会と関わり合いを持つようになったワタシ達３人。

　でも、同世代の子供と接したのは今日が初めてです。

　お友達と楽しい時間を過ごすこと、それは、今まで出来なかったこと。

　生きるために精一杯だったワタシ達３人が考えたこともなかったこと。

　脱スラム出来た今のワタシ達３人が、ようやく出来るようになった『普通』のことなのです。

　ワタシ達の会話を聞いていたメアリーさんも会話に加わります。

メアリー「おやおや、アリスにもお友達が出来たみたいだねぇ〜。いつも薬師の修業ばっかりで、誰かと一緒に遊んでいるところを見たことがなかったから、心配だったんだよ。良かった良かった。今日はいいことずくめだねぇ。また『シュッセ』に指名依頼を出すから、是非ともまた来ておくれ」

ワタシ「はい」

「「よろしくお願いします」」

　ついでなので、メアリーさんにもひとつお願いをしておきます。

ワタシ「それで、メアリーさん。あの、今後このお店に来る時は、裏庭から来てもいいですか？」

メアリー「ん？　裏庭から？　どういうことだい？」

ワタシ「実はワタシたちのお家、裏庭の先の草むらの中にあるんです。だから裏庭からならすぐに来れるんです」

メアリー「へぇ～、また随分と変わったところに住んでるんだね～。もちろん裏庭を通ってきても構わないけど、でもあそこはハンターギルドの土地じゃなかったかい？」
おにぃ「ハンターギルドから貰ったんです」
ねぇね「楽しい遊び道具もあるんです」
メアリー「へぇ～、遊び道具かね～。それじゃ今度、アリスも一緒に遊ばせてもらいな？」
アリス「うん！」

最後にそんな嬉しい出来事もあり、時刻は夕方少し前になりました。

メアリーさんから指名依頼の継続のお話と、その旨を記した完了報告書をもらったワタシ達３人。

とても充実した一日を過ごしたワタシ達３人は、満足気に３人で手をつなぎながら【マダムメアリーの薬店】の裏庭に回ります。

そして、ワタシ達の草むらのお家の、壁代わりに残しておいた背の高い雑草を、人ひとりが通れるように踏み倒しながらお庭の中まで進み、【マダムメアリーの薬店】側の出入り口を作ります。

そしてそのままお庭を通り抜け、指名依頼の完了報告をするため、ハンターギルドに戻ったのでした。

◆◇◆◇◆

私はアリス。

長く続く薬師の家系に生まれた、12歳の女の子です。

私には、有名な薬師だったお父さんとお母さんがいました。

火魔法が得意で、いつも優しく頭を撫でてくれたお父さん。

水魔法が得意で、いつも穏やかに笑いかけてくれたお母さん。

そんな大好きなお父さんとお母さんには、今はもう会えません。

王都に納品に行く途中、２人が乗っていた馬車が崖から落ちてしまったそうです。

私が８歳の時でした。

今はお父さんとお母さんの思い出がいっぱいのこの薬店を継ぐために、おばあちゃんにいろいろ教えてもらっています。

将来は立派な薬師になって、お父さんとお母さんがいる天国にも、薬師アリスの名が届くようにと、がんばっています。

でもそう簡単にはいかないようで、毎日のポーション作りは、思うようにいきません。

おばあちゃんに言われた通りにやってみても、ポーションをうまく作ることができません。

おばあちゃんからは、「これだけはセンスの問題だからのぉ、仕方ないさねぇ」と言われています。

少しうら悲しい、少し薄暗い感じがする、毎日がそんな気分です。

そんな私の日々の生活に変化がありました。

今日、私の薬店におばあちゃんが指名依頼をかけた子供ハンターの３人組が来ました。

おばあちゃんが目を付けた魔法が使えるハンターみたいです。

火魔法が得意で、私よりちょっと年上に見える元気そうな男の子。

水魔法が得意で、私と同い年ぐらいのやわらかな雰囲気の女の子。

そして、ひとりおチビちゃんがいましたが、その子は魔法は使えないみたいです。

その子供ハンター３人組の前で、おばあちゃんが一通りポーションの作り方を見せるというと、おチビちゃんがなにやら始めました。

おばあちゃんの説明を途中途中で止め、おばあちゃんが用意した薬草の粉末類を、一種類ごと丁寧に正確に量って、記録しているみたいです。

いつ、どこから道具を出したのか、さっぱり分かりませんでしたが……。

魔力水の量や、火魔法の保持時間なども細かく書き留めていくおチビちゃん。

今までの私とおばあちゃんとの作業とは全く違うことをしていて、なんだか新鮮です。

そしておばあちゃんによるポーション作りの説明が終わると、今度はおチビちゃんが子供ハンター３人だけでポーションを作ってみたいと言い出しました。

絶対に無理だと思いました。

失敗すると思いました。

だって、私でも、それは無理だからです。

おばあちゃんから教えてもらいながら4年も頑張っている私でも、作ることが出来ないからです。

でも私の予想とは違い、３人はポーションを作り上げてしまいました。

しかも、すごく色が濃い、上等なものが出来上がりました。

おばあちゃんはその３人が作ったポーションを見て、魔法が使える男の子と女の子を称賛していました。

材料の魔力を破損させない安定した魔法の火を操る男の子。

目に見えて魔力を豊富に含んでいる魔法の水を創り出すことが出来る女の子。

私もその２人は凄いと思いました。

でも、もっと凄いのはおチビちゃんだと思います。

（魔法も羨ましいけど、おチビちゃんのあの計量の道具と手順書は、それ以上に凄いと思う。だって、おばあちゃんがいなくても、あれがあれば、私でも何度も同じものを作れそうだもん）

そう思い、試しに私も一緒にポーション作りに参加させてもらいました。

そして私の予想通り、おばあちゃんがいなくても、私でもポーションを作ることが出来ました。

何回かポーションを作ってみましたが、失敗することはありませんでした。

しかも、出来たポーションは、全部、全く同じに見えます。

おばあちゃんは、ポーションの材料の分量を、全て体感的に比率で決めていきます。

最初につまんだ材料から、次の材料の量を比率で決めて、更に次の材料も最初の材料の量から割り出していきます。

それが昔からの、薬師が師匠から教えられてきたやり方です。

でもそれは、かなり感覚的で、曖昧です。

おばあちゃんが言う、センスの領域です。

でも今日、おチビちゃんは、そんなやり方を全く気にせず、一つ一つ材料の量を正確に量って記録していきました。

今までの薬師のやり方とは全く違うそのやり方は、私にとってあまりにも衝撃的でした。

そもそも、常に比率を意識して分配を決めるやり方しか知らなかったので、それ以外の方法があるとは思ってもいませんでした。

おチビちゃんのやり方なら、きっといつでも何度でも同じものを作ることが出来ると思います。

その日によって出来が良かったり悪かったり、そんな品質のばらつきもなくなるかもしれません。

ただそれには、ちょっとつまんだだけの材料の、かなり小さな重さを量ることが出来る道具が必要です。

今まで、そんな精密に量れる道具、見たことがありませんでした。

なので、今日おチビちゃんが持ち出した、あの計量の道具類は、驚きです。

欲しいです。

是非とも譲ってほしいです。

あれがあれば、私でもひとりでポーションが作れるかもしれません。

そんな気持ちが出てしまって、おチビちゃんの手を取り、興奮気味におチビちゃんの凄さを語ってしまいました。

すると、おチビちゃんがあの計量の道具と手順書を私に譲ってくれると言ってくれました。

そして、今度遊ぼうと誘ってくれました。

嬉しくて嬉しくて、すぐに手順書を手に取り、抱きしめてしまいました。

(別に、そのノートのクマさんとネコちゃんの絵が可愛かったからではありませんよ？　ノートとおそろいの図柄の鉛筆を使って、ニコニコと字を書いているおチビちゃんの姿が可愛くて、うらやましかったからではありませんよ？)

今まで薬師の修業ばかりで、お友達はひとりもいませんでした。

それが今日、一気に3人も出来ました。

とても嬉しいことなのですが、ちょっとだけ寂しい気持ちも湧いてきました。

私のお父さんと同じ火魔法が得意で優しげな男の子と右手をつなぎ、私のお母さんと同じ水魔法が得意で穏やかそうな女の子と左手をつなぎ、2人の真ん中で嬉しそうに笑顔を振りまいているおチビちゃん。

私が少し寂しい気持ちになったのは、3人仲良く手をつないで帰っていく、そのむつまじい後ろ姿を見送った時でした。

【マダムメアリーの薬店】からの指名依頼は、とても有意義な時間を過ごせました。

まずは、今回の依頼主であり人生経験豊富そうなオトナのメアリーさんに、ねぇねとおにぃが将来有望な魔法使いだと認めてもらえたこと。

これはとても素晴らしいことです。

それにワタシは、メアリーさんと2人だけで楽しくお話しすることが出来ました。

ワタシがオトナの人と1対1で長くお話しするのはたぶん初めてで、とても嬉しかったです。

そして最後には、なんと、アリスちゃんという初めてのお友達もゲット出来ちゃいました。

良いことずくめで、気分もほっぺも緩ませながら、ねぇねとおにぃと手をつないでハンターギルドに戻ってきたワタシ達3人なのでした。

時刻はいつもの夕方少し前。

早速、受付のアイリーンさんに、指名依頼の完了報告です。

「「「こんにちは～」」」

アイリーン「はい『シュッセ』の皆さん、おかえりなさい。依頼はどうでした？」

おにぃ「無事に終わりました」

ねぇね「これ、完了報告書です」

アイリーン「はい、承りますね。報酬の処理はいつも通り、ということでよろしいですか？」

ワタシ「すいません。今回は現金でお願いします」

今回の指名依頼の報酬は、50リルと、それほど多くありません。

なので、わざわざハンターギルドに預入はせず、現金として持っておこうと思ったのです。

税金と手数料を引かれた40リル、大銅貨４枚をおにぃが受け取ります。

おにぃ「ありがとうございます」

ねぇね「ございます」

これで依頼達成。

ワタシ達『シュッセ』は、なりたて１級ハンターにしては異例の、指名依頼をこなしたチームとなったのでした。

ちなみに今の私達の手持ちの現金は、２５７７リル、大銀貨２枚と小銀貨５枚と大銅貨７枚と銅貨７枚。

全然減ってません。

(まあ、ワタシたちがお金使うのって、今のところ、マスターさんのところでお夕飯を食べるぐらいだしね～)

スラム出身のワタシ達には、お金の使い方というか、そもそも何を買うべきなのかすら分かりません。

食べ物以外にお金を使うという発想というか、知識というか、そういった情報があまりにも足りないため、お金は貯まっていくばかりです。

アイリーン「それでは今日の指名依頼について、別室で詳細に報告してもらっていいですか？」

ということで、またもお馴染みの２階の会議室に通されたワタシ達３人。

会議室に入って、前回と同じ場所に座ろうと移動すると、前回ワタシが座った椅子の上に、厚めのクッションのようなものが敷いてありました。

アイリーンさんを振り返ると、右目で軽くウィンクが返ってきました。

たぶん前回のお話し合いの時、私の着座位置が低かったので、その対策をしてくれたのでしょう。

さすが、仕事が出来るプロの受付さん。

細かい心配りもばっちりです。

そんな優しさ満点座り心地満点のクッションの上に、おにぃにぽすんと座らせてもらい、報告会スタートです。

アイリーン「『シュッセ』の皆さん、まずは初指名依頼の達成、おめでとうございます」

「「「ありがとうございます」」」

アイリーン「提出していただいた【マダムメアリーの薬店】からの指名依頼完了報告書では、大変好評価でした。特に魔法の評価、魔力量と魔力制御の精度が極上だと評価されています。最初の指名依頼ですし、とても素晴らしいと思います。それで最後に確認なんですが、報告書の最後に、『今後、継続的に指名依頼を発注する』、とありますが、これは了承していますか？」

おにぃ「はい」

ねぇね「大丈夫です」

ワタシ「帰り際、メアリーさんから今後も来てほしいと、お話をもらったので、報告書に書いてもらいました」

アイリーン「なるほど。それなら問題なさそうですね。それでは今後も、【マダムメアリーの薬店】からの指名依頼を受けるということで、お願いしますね？」

「「「はい」」」

アイリーン「私からは以上ですけど、『シュッセ』の皆さんから、報告とか相談とか、些細なことでもいいんで、何かありませんか？」

おにぃ「えっと、いいですか？」

アイリーン「ええ、もちろん」

おにぃ「実はおチビがいろいろモノを創り出して、ポーションを作る時に使っちゃったんですけど」

アイリーン「いろいろ、ですか？」

おにぃ「はい。キレイなガラスでできた、水の量を量る器とか、ちょっとの重さを正確に量れるはかりとか」

ねぇね「あと、見たことがないカワイイ紙のノートとか、同じ模様の鉛筆だとかもありました」

アイリーン「それらは今ここに？」

ワタシ「いいえ。アリスちゃんにあげちゃいました」

アイリーン「アリスちゃん？」

ねぇね「薬店のお孫さんです」

おにぃ「オレ達と一緒に、ポーション作ったんです」

アイリーン「なるほど。おチビちゃんが出したモノは、全部そのアリスちゃんが持っている、そういうことですね？」
ワタシ「いいえ、違います。メアリーさんにもあげました」
アイリーン「メアリーさんにも同じものを？」
ワタシ「メアリーさんには、【拡大鏡】と【そろばん】です」
アイリーン「【拡大鏡】は言葉からなんとなく想像出来るけど、【そろばん】って？」
ワタシ「手でパチパチする計算機です」
アイリーン「パチパチ？　計算機？」
ワタシ「慣れるととっても速く計算できますよ？」
アイリーン「うん。全然分かんない。はぁ～もう。とりあえず、一度直接【マダムメアリーの薬店】に行って、全部見せてもらってきます。ひぁ～もう。ハンターギルドが後ろ盾になっている以上、全てこちらで確認しておかなくちゃ……ふぁ～もう。おチビちゃんの創り出すモノがどんな影響があるか分かったものじゃないし……へぁ～もう。あれだけ何かあったらお話ししてって言っといたのに……ほぁ～もう。でも依頼の後の報告だから、しょうがないと言えばそうなんだけど……」

　最初、丁寧だったアイリーンさんの口調。

　お話の途中から徐々にくだけて親し気な感じに変わるのはいつものことです。

　でも今日は、更になんだか投げやりのような、ちょっと男性的な口調になっています。

（およ？　アイリーンさん、なんか口調がいつもと違うよ？　もしかして怒ってるのかな？　最後はなんだかブツブツ独り言みたいになってるし……うむうむ。これはもしかして、ちょっとご機嫌ナナメなのかもしれないね？　そうだ！　こういう時は、オトナの世界の対応で、山吹色のお菓子の出番だよね？　あとで、なにかアイリーンさんの好きそうなモノを、こっそりプレゼントしちゃおう！　賄賂を贈って、ご機嫌取りだ〜！）

　そんなことを思っていると、アイリーンさんがお話を続けます。

アイリーン「他には、何かありますか？」

おにぃ「と、特にないです」

ねぇね「だだ、大丈夫です」

　ねぇねとおにぃもアイリーンさんの変化を敏感に感じ取ったようで、ちょっとビビり気味にお返事です。

アイリーン「どうやら私はこれからいろいろ確認しなければならないことが出来たみたいなので、今日はこれで解散にしますね？　でも最後に私から一つだけ、言わせてね？　なにかあったら、しようとしたら、ま・ず・先・に、相談してほしいな〜。特におチビちゃん！　よ・ろ・し・い・かしら？」

ワタシ「はぁ〜い！（あとで賄賂を贈りま〜す！）」

おにぃ「おチビ、絶対分かってないだろ」

ねぇね「あのお返事は、信用出来ないかも」

　仕事が出来るプロの受付アイリーンさんは、おチビな5歳児のちょっとズレた言動に、いろいろ振り回されちゃうのでした。

◆◇◆◇◆

【マダムメアリーの薬店】からの指名依頼を受け、ポーション作りを体験したり、久しぶりにそろばんをしてメアリーさんと楽しい時間を過ごしたり、アリスちゃんという初めてのお友達が出来た日の翌日。

今日は、【ジョシュア雑貨店】への納品もハンターギルドへの納品もない、全くのフリーな一日です。

ワタシはもうガツガツいかないと決めているので、今日はねぇねとおにぃと一緒にのんびりするつもりです。

（まあ、興味を惹かれる依頼があれば受けてみてもいいかな？　それぐらいのスタンスです）

今朝はとりあえず、昨日の依頼完了報告会での一件、ぷんすかアイリーンさんへのフォローをしておきたいと思っているワタシ。

そのあたりの説明をねぇねとおにぃにもしておきます。

ワタシ「ねぇね、おにぃ。ちょっと聞いてほしいのです」
おにぃ「ん？」
ねぇね「なあに？」
ワタシ「あのね？　昨日の指名依頼の完了報告会のとき、アイリーンさん、最後にちょっとぷりぷりしてたでしょ？」

おにぃ「ああ、怒ってたっていうか、イライラしてた感じだったかな」
ねぇね「たぶんおチビちゃんのせいだと思うけど……」
ワタシ「それでね、今日、今から、アイリーンさんにお詫びの意味を込めて、オトナの根回しをしようと思うの」
おにぃ「なんだそれ？」
ねぇね「大人の根回し？」
ワタシ「こちらの都合を聞いてもらえるように裏からコッソリする、オトナの常套手段なんだ〜」
おにぃ「じょうとうしゅだん？」
ねぇね「よく分からないかも」
ワタシ「そうなの。オトナにしかわからないことなの」
おにぃ「ふぅ〜ん」
ねぇね「それで、なにするの？」
ワタシ「贈り物をしま〜す」
おにぃ「また何か創るのか？」
ワタシ「そうで〜す。ということで、例のヤツ、【想像創造】！」

【シングルモルトウィスキー　ざきやま　リミテッドエディション２０１７　43度　７００㎖　ギフト限定　化粧箱　１００００円】

　ワタシが創り出したのは、前世で見たことがある有名な贈答用のお酒。
（アイリーンさん、前にお酒が好きそうなこと言ってたし、きっとこれで正解のはず！）
おにぃ「ん？　なんだかいつもより、だいぶ小さいけど」
ねぇね「もっと、バーンって、大きいのが出てくると思った」
ワタシ「ふっふっふっ。これは贈り物ですから、そんなに大きくないのです」
　胸を張り、なぜか自慢げなワタシです。
おにぃ「それで、これはなんなんだ？」
ワタシ「これがオトナの贈り物。山吹色のお菓子です」
ねぇね「え？　お菓子なの？」
　ここでねぇねが「お菓子」という単語に食いつきをみせました。
（あ！　そうだよね。お菓子と聞けば、やっぱり食べたくなるよね。でもごめんね、これは違うんだよ、これは……）
ワタシ「ごめんね、ねぇね。これはオトナのひと用なの。だから子供のワタシたちは口にできないの」
ねぇね「オトナ用……そうなんだ……」
　ちょっと残念そうなねぇね。
　ねぇねのカワイイお顔がしゅんとしてしまいました。
ワタシ「そうだ！　アイリーンさんのとこ行ったら、そのあと、町のお菓子屋さんに行ってみようよ。アイリーンさんにおすすめのお菓子屋さんを聞いてみようね？」

ねぇね「うん、それはとっても楽しみ！」

お洋服を買いに出かけて以来、町に買い物に出かけていないワタシ達３人。

いまだに小さな子供達だけで買い物に行くと、不躾な目線にさらされるので、あまり足を向けたくないというのが本音です。

　でも今日は違います。

ねぇねがお菓子を食べたそうにしてるのです。

ここはお菓子屋さんに行くしかないでしょう。

ということで、さっさとアイリーンさんへの用事（オトナの根回し）を済ませて、そのあとは町ブラしちゃいましょう。

いざ、ハンターギルドへ出発です。

◆◇◆◇◆

朝から【想像創造】で創り出した贈答用の【ウィスキー】。

ワタシが【想像創造】したモノの中では比較的小さい部類ですが、おチビなワタシにとっては、かなりの大物。

　残念ながら、ワタシには持ち上げることが出来ませんでした。

ということで、きれいな化粧箱に納められ、更にその上から贈答用の紙袋に覆われたそれを、おにぃに持ってもらいます。

そして目指すは、朝のちょっと遅い時間で程よく混雑が解消されつつあるハンターギルドです。

ワタシ達3人がギルドホールに入ると、一瞬ワタシ達に注目が集まった気がしましたが、すぐに何事もなかったような雰囲気に戻りました。

最近よくあるいつものことなので、あまり気にせず受付に進もうとしたその時、ふと、近くの掲示板の中央に貼ってある依頼が目に留まりました。

依頼

依頼主：【セオドア菓子店】店主　セオドア

依頼内容：以下のモノを以下の対価で大至急求む

【ニホンセイ　はちみつ　ブレンディッド】1gあたり1リル（容器代込み）

納品場所：【セオドア菓子店】

納期：大至急

なんだかとても見覚えがあるような依頼内容です。

そして、とても内容がセコイです。

1gあたりの単価が、【ジョシュア雑貨店】の2リルに対し、このお店【セオドア菓子店】は1リル。

なんと、半分しか貰えません。

しかも、よく見ると、『（容器代込み）』と追記されています。

はちみつが入っているガラスの容器は、【ジョシュア雑貨店】では10000リルで買い取ってくれます。

それをこのお店は、『ただでよこせ』と言っているのです。

（なんだろう、この依頼。二番煎じどころか、出がらしになっちゃってるよ）

そう思ったのはワタシだけではなかったようで、

ねぇね「あ！　あの依頼、ジェーンさんとジョシュアさんのお店の真似してる！　しかも、ケチ！」

普段おとなしいねぇねですが、【ジョシュア雑貨店】が絡むと目の色が変わります。

【ジョシュア雑貨店】のライバルと思しきそのお店を、ここぞとばかりに、必要最小限の言葉でけなします。

ワタシもねぇねの意見に全くの同意なので、その依頼は完全スルーなのでした。

ワタシ「アイリーンさん、おはよーございます！」

変な依頼はちゃっちゃと無視し、そそくさといつもの受付カウンターにやってきたワタシ達３人。

お目当ての人を見つけると、早速ご挨拶です。

「『おはようございます』」

アイリーン「『シュッセ』のみんな、おはよう」

いつもより、かなりはしょった感じのご挨拶を返してくれたアイリーンさん。

顔色もいまいちな感じで、なんだかお疲れ気味のようです。

アイリーン「昨日はあれから、【マダムメアリーの薬店】に行って、いろいろ確認したり、ホント、大変だったんだから～。今日もその続きやら報告やらで、もうクタクタ。疲れちゃったわ～」

そんな倦怠感をにじませるアイリーンさんの『空気読め』的な雰囲気をもろともせず、元気に凸するおチビなワタシ。

５歳児のワタシに、場の空気を読むなんてこと、期待してはいけないのです。

ワタシ「アイリーンさん、昨日のお詫びに、これ、受け取ってくださいな？」

そう言って、おにぃに合図を送ると、おにぃが受付カウンターの上に、例のモノを置いてくれました。

おにぃ「ど、どうぞ、お受け取りください」

アイリーン「これは？」

最小限の単語で会話を進めようとするアイリーンさん。

ちょっとダルそうです。

ワタシ「これは、ワタシたちからの昨日のお詫びのしるし。山吹色のお菓子です」

アイリーン「え？　お菓子なの？」

ワタシ「でもこれはオトナの世界のお菓子なので、よそのひとには見られてはいけないモノです。だからひとりになるまで開けてはいけません。いいですね？　絶対ですよ？」

アイリーン「ん？　よく分からないけど、ひとりであければいいのね？」

ワタシ「そうです。それと、これに免じて、今後ともよろしくお願いいたしま〜す！」

「「よろしくお願いいたします」」

アイリーン「うん？　よく分からないけど、ギルドが後ろ盾になっている以上、今後も面倒は見させてもらいますね」

（これでアイリーンさんの買収は完了だね！　これぞオトナの処世術だね！）

これで昨日のことはチャラになったはず。

ひとりそう思い、オトナの解決が出来たと、大変満足気なワタシなのでした。

今日やるべきことはこれで終了。

あとは、ワタシ達3人の時間を楽しむだけです。

ということで、必要な情報を早速アイリーンさんに質問です。

ワタシ「それで突然ですがアイリーンさん。美味しいお菓子のお店を知りませんか？」

アイリーン「え？　お菓子のお店？　本当に突然ね？　まあおチビちゃんなら今更なのかしらね？

えぇ～っと、お菓子店ね～、そうね～、お高いけど有名なのは【セオドア菓子店】かしらね」

（ん？　【セオドア菓子店】？　どこかで聞いたような……）

ねぇね「それって、さっきのケチな依頼のお店！」

ワタシ「ああ、掲示板にあった、はちみつのパクリ依頼を出してる、しぶちんさんのお店ですね～」

アイリーン「おチビちゃん、あなた……『パクリ』だとか『しぶちん』なんて言葉、どこで覚えたのかしら……」

◆◇◆◇◆

アイリーンさんおすすめのお菓子屋さん、【セオドア菓子店】。

【ジョシュア雑貨店】を真似たようなセコイ依頼を出している、ちょっとケチ臭いお店ですが、美味しいお菓子で有名なのだそうです。

とりあえずアイリーンさんにそのお店の場所を教えてもらい、早速町へと繰り出しているワタシ達３人。

３人仲良く手をつないで、気分はのんびりとお散歩です。

そうして歩くこと15分程。

到着したのは、この町の中央広場に程近い、大通りに面した、まさに一等地にある高級そうなお店でした。

ねぇね「ここって……」

おにぃ「なんだ、ここだったのか……」

どうやら、ねぇねとおにぃはこのお店を知っているようです。

ワタシ「ねぇねとおにぃの知ってるお店？」

ねぇね「うん……」

おにぃ「悪い意味で、だけどな」

２人のお話だと、どうやらこのお店は、スラムっ児に厳しくあたるお店らしく、幾度となく追い払われたり、暴言を受けたことがあったそうです。

（なるほど。つまり、【ジョシュア雑貨店】とは真逆のお店なんですね）

そんなことを考えていると、店先にコック帽を被った白いエプロン姿の男性が現れました。

店員「何だ？　ここはお前らのような貧乏なガキどもが来ていい場所じゃねぇんだぞ？　俺の店の品位が下がるだろうが。あっち行け！　シッシッ！」

ワタシ達に目をとめるや否や、有無を言わせず追い払おうとするその男性。たぶんこのお店の人なのでしょう。

（たしかにねぇねとおにぃが言うとおり、嫌なお店ですね～。こんなお店、こちらから願い下げで～すっ！）（*´＞｀）

どんなに美味しいお菓子を売っていようとも、こんな対応をされては、この店のお菓子が美味しく思える訳がありません。

なので、選択肢はひとつ。このお店はスルーです。

でもどうせならと、置き土産《みやげ》的にわざとらしく大きな独り言を言ってから、このお店を離れることにしたワタシ。

ワタシが出来る、せめてもの抗議活動です。

ワタシ「そういえば～、ハンターギルドに～、はちみつの依頼が～、貼り出されてましたね～。でもまあ～、このお店には～、絶・対・に、納品されないでしょうけどね～」

ワタシが何か言い返すとは思っていなかったその店員さんは、一瞬間を置いてから騒ぎ出しました。

店員「!?　何だ？　どういう意味だ？　何ではちみつの依頼のことをチビガキが知っている！　こら！　待て！　待てと言ってる！」

なんだかがみがみ言ってますが、無視無視～。

大通りの反対側へ、さっさと離脱するワタシ達3人です。

ねぇね「ふふっ。なんだか可笑《おか》しいね？」

おにぃ「おチビ、ありがとな。なんだかスッキリした！」

どうやら私の独り言は、ねぇねとおにぃもお気に召してくれたようです。

（ねぇねとおにぃに意地悪したおじさんなんて、嫌～い！　ワタシ、ここのお店には、今後一切関わり合いを持ちませぬっ！　あっかんべ～～～～だっ！）　（*°┬~*）

◆◇◆◇◆

アイリーンさんおすすめのお菓子屋さん【セオドア菓子店】。

美味しいと有名ながら、ワタシ達に対する接し方はかなり尊大で横柄でした。

そんな印象が悪いお店ではお菓子を買う気にはなれなかったので、そそくさとそのお店から離れ、ワタシ達３人は大通りの反対側まで退散してきました。

すると、どこからか、食べ物の良い匂い、穀物が焼ける香ばしい香りが漂ってきます。

よく見ると、先程の嫌なお店から大通りを挟んだ反対側にも、小さなお菓子屋さんがありました。

まずはねぇねとおにぃに、このお店を知っているか、嫌な思いをしたことがあるお店かどうか聞いてみます。

ワタシ「ねぇね、おにぃ。この店は知ってる？」

おにぃ「いや、知らないな」

ねぇね「うん。たぶん、前は空き家だったと思う」

そんな会話をしていると、そのお店の売り子さんがワタシ達３人に声をかけてくれました。

売り子「いらっしゃいませ～。ガレットはいかがですか～。焼きたて出来たて、美味しいガレットですよ～」

　子供だけだとまた何か言われるかもしれないと身構えていましたが、どうやらこのお店は、ワタシ達をお客さん扱いしてくれるようです。

　お店の看板には『ガレットのお店　ローラ』の文字。

　きっとこの売り子さんがローラさんなのでしょう。

　お店の中にはメニューらしきものが張り出されていて、『ガレット1つ4リル』とだけ書かれていました。

ワタシ「ねぇね、おにぃ、ガレット食べてみない？」

おにぃ「ああ、いいぞ」

ねぇね「凄く楽しみ～」

ワタシ「おねえちゃん、3つくださいな？」

売り子「はい。まいど～」

　ということで早速買って、早速実食です。

　最近、ギルドの食堂で毎日美味しいものを食べているおかげで、舌が肥えはじめたおチビなワタシ。

　そんな、にわかグルメなおチビちゃん。

　出来たてのガレットを一口含んでの、開口一番の感想は、

ワタシ「あんまりおいしくないね？」

幼児特有の率直、シンプルかつどストレートな物言いで、お店の人をノックアウトです。

売り子「うぐっ……」

おにぃ「そうか？　オレは美味しいと思うけどな」

ねぇね「そ、そうだね……」

どうやらねぇねもワタシ側のようで、ちょっと言葉を濁しています。

ねぇね「そうだ！　これ、この小袋の蜜をつけてみない？　きっと甘くなるよ？」

ねぇねがいつもポケットに忍ばせている小袋ジャムを取り出しました。

いちごジャムとりんごジャムです。

早速ねぇねはいちごジャム、ワタシはりんごジャムをつけてガレットを食べてみます。

ねぇね「ん～。甘くなったね～」

ワタシ「そうだね～」

ジャムをつけたら甘くなりました。

決して、美味しくなったとは言わないワタシなのでした。

売り子「なにそれ、なにをつけたの？」

ワタシとねぇねの行動を見ていた売り子のおねえちゃん。

小袋のジャムに興味津々みたいです。

どうせならここで、ちゃんと美味しいおやつを食べたいと思ったワタシ。

売り子のおねえちゃんのこの問いかけに、チャンス到来とばかりに、早速交渉に入ります。

ワタシ「おねえちゃん、お名前はローラおねえちゃんでいいの？」

ローラ「え？　そうだけど……」
ワタシ「ローラおねえちゃん、なんでこのガレットは苦くてぼそぼそしているの？」
ローラ「そ、それは……」

ローラおねえちゃんが言うことには、仕入れがうまく出来なかったみたいです。どうやら出来の良い小麦粉などは、商業ギルドが高位会員に優先的に回してしまうため、ローラおねえちゃんのような下っ端には、クズ小麦しか回ってこないみたいです。

そんなローラおねえちゃんの状況説明を聞いたワタシは、早速商談開始です。

ワタシ「ローラおねえちゃんがワタシのお願いを聞いてくれたら、いろいろ教えてあげるよ？」
ローラ「ほんと？　でも、お願いって、なに？」
ワタシ「これを使って、ガレットを焼いてほしいのです」

そう言って、ワタシは【想像創造】であるモノを創り出します。それは、

【ふんわりパンケーキミックス　１７０ｇ　小麦粉、砂糖、米でん粉、ホエイパウダー（乳成分を含む）、食塩、ベーキングパウダー等　３６８円】

前世では、休日のブランチ等でご活躍いただいた、いわゆる【ホットケーキミックス】、略して【ホケミ】さんです。

ワタシ「これ、この粉を使って、ガレットを焼いてくださいな？」
ローラ「え？　その粉で？　ま、まぁいいけど……」

ということで、交渉成立。

早速【ホケミ】さんを程よく水で溶いて、焼いてもらいます。

……

そして、焼き上がった出来たてアツアツをみんなでいただきます。

ワタシ「ん～！　いい匂～い！　柔らか～い！　そして美味し～い！」

ねぇね「甘～い！　美味し～！」

おにぃ「さっきのと全然違うな。なんかすっごく甘くて美味い！」

ローラ「なにこれ？　高級な小麦？　それにまさか、砂糖が入ってるとか？」

焼き上げられた極薄のパンケーキ。

どちらかといえばクレープと言った方が近いかもしれません。

何もつけなくても程よく甘くて、とっても幸せのお味です。

ワタシ「ローラおねえちゃん、【ホケミ】さんを焼いてくれてありがとう！　そして、今から、ワタシたちと一緒にハンターギルドに行きませんか？　甘いモノの秘密を全部教えちゃいますよ？」

学習機能が標準装備されているワタシは、昨日の不機嫌なアイリーンさんを思い出しました。

このままここでワタシ達だけでお話を進めてしまうと、きっとまたアイリーンさんがぷんすかしちゃうでしょう。

なので、後ろ盾となっているハンターギルドに戻って、オトナを交えてのお話し合いです。

そしてあわよくば、こういった面倒なお話は、全てアイリーンさんに丸投げしちゃおうと考えたのです。

（せっかく山吹色のお菓子でアイリーンさんによろしくお願いしたんですから、働いてもらいますよ～？）

ローラ「え？　ハンターギルド？　なんで？」

急展開過ぎて全くついていけないローラおねえちゃん。

それでも甘いモノの秘密には抗えなかったようで、おチビなワタシの言う通り、ハンターギルドについて行くのでした。

◆◇◆◇◆

アイリーン「ちょっと、ちょっと！　おチビちゃん達！　今すぐ会議室に行くわよー！」

ガレットのお店を営んでいたローラおねえちゃんを引き連れ、ハンターギルドに戻ってきたワタシ達。

そして、受付にいたアイリーンさんにご挨拶をしようとした瞬間、会議室にご案内されちゃいました。

一緒についてきたローラおねえちゃんは、置いてけぼりのポカン顔です。

ローラ「え？　なに？　誰？　どういうこと？」

……

ハンターギルドの受付に着いて早々、アイリーンさんに招集をかけられたワタシ達３人。

いつもの会議室にローラおねえちゃんも含めて全員が入ったところで、アイリーンさんがまくしたてます。

アイリーン「まずはおチビちゃん、ありがとう　あなたの気持ち、このアイリーン、しかと受け取ったわ！　アレのためならどんなことでも頑張れるわ。何でも言ってちょうだいね！」

　いつもと目の色が違うアイリーンさんに、開口一番お礼を言われてしまいました。

　アイリーンさんに朝渡した例のアレ、山吹色のお菓子が、どうやらアイリーンさんに対してかなりの効果を発揮しているみたいです。

ワタシ「どういたしまして！　そしてこれからもご面倒をおかけしま〜す」

アイリーン「いえいえ、こちらこそ、これからもよろしくね！」

　興奮気味のアイリーンさんがちょっと落ち着いたところで、早速ワタシ達のお話を始めます。

ワタシ「アイリーンさん、このひとはローラおねえちゃん。ガレットのお店のひとです」

ローラ「ど、どうも……」

アイリーン「はい、こんにちは。それで？　このローラさんがどうしたの？」

ワタシ「ワタシ、営業活動してきました〜」

アイリーン「営業活動？」

ワタシ「この【ホケミ】さんと、小袋の蜜を、ローラおねえちゃんにも売ってあげてください」

　ここでワタシは、先程のローラおねえちゃんのお店でのことをざっくりと説明します。

アイリーン「う〜ん。営業って、そういうことね？　分かったわ。でもその代わり、小袋の蜜は納品の量を増やしてほしいわ？　今の量だと、ハンターギルドで賄《まかな》う分が足りなくなってしまうでしょうし」

そう聞いてワタシは、最近ようやく仕事をしはじめたワタシの学習能力を少し働かせてみます。

（ワタシのスキル【想像創造】って、たぶん、スキルのレベルと創り出せるモノのお値段に関係性があると思うんだよね～）

（お高いモノだと創れなかったりしたし……だから、ちょっと実験してみよう！）

先程【想像創造】した、

【ふんわりパンケーキミックス　１７０ｇ　小麦粉、砂糖、米でん粉、ホエイパウダー（乳成分を含む）、食塩、ベーキングパウダー等　３６８円】

これを何個創り出すことが出来るのか、それによって、スキル【想像創造】のレベルと創り出せるモノのお値段の関係性を調べてみようという魂胆です。

そろばんで鍛えた暗算能力を駆使し、早速、【想像創造】の限界テスト開始です。

（たぶんレベルの数字×10万円が限度なんじゃないかなぁ～？　ということで、まずは、【ホケミ】さん３６８円を１５００個で５５２０００円分を【想像創造】！）

……

（やっぱりだめかぁ～。それじゃあ、次は、【ホケミ】さん３６８円を１０８７個で４０００１６円分を【想像創造】！）

……

（ふむふむ。これもダメ。今度は、【ホケミ】さん３６８円を１０８６個で３９９６４８円分を【想像創造】！）

【ふんわりパンケーキミックス　１７０ｇ　小麦粉、砂糖、米でん粉、ホエイパウダー（乳成分を

含む）、食塩、ベーキングパウダー等　３６８円】×１０８６個

ワタシ「できた〜！　やっぱり、スキル【想像創造】のレベルの数字×10万円が【想像創造】できる限界なんだ〜！」

周りに人がいることをすっかり忘れて、【想像創造】の実験に没頭していたワタシ。

会議室には、１０８６個の【ホケミ】の袋が所狭しとあふれかえってしまいました。

アイリーン「うわぁ、なになに？　なんなの？　この袋の山はなにごと？」

ワタシ「これは、ワタシのスキルの実験です。一度にこれくらいなら創れることがわかったので、納品量を増やすのも大丈夫だと思います」

アイリーン「これだけあれば、たしかに大丈夫でしょうけど、これ、どこに置いておこうかしら……」

とりあえず、会議室を使えるようにするため、アイリーンさんは同僚に助けを求めに行ってしまいました。

……

しばらくして、会議室がようやく落ち着きました。

今、会議室には、応援に駆けつけてきたマスターさんと、購買部のハンナさんもいます。

ハンナ「それで、納品の量を増やせるって話だけど、具体的な数字はどれくらいなんだい？」

ワタシ「えっと、【ホケミ】さん、小麦粉とか砂糖とかが交ざってるやつですけど、これは、1度に１０８６袋です」

ハンナ「ちなみに1袋ってどれくらい使えるんだい？」

ワタシ「１７０ｇ入ってて、さっきローラおねえちゃんのお店で焼いてもらった感じだと、クレープなら１袋で10枚は焼けるんじゃないかな？」
ローラ「ウチの店なら、１日10袋もあれば十分だと思う……」
ハンナ「ギルドに卸してもらってる干し肉や小袋の蜜も、納品の量を増やせるのかい？」
ワタシ「ちょっと待ってくださいね？　今、計算してみます」
　今日はそろばん４級の暗算能力が大活躍です。
（確か、ビーフジャーキーは……）
【本格熟成ビーフジャーキー　30ｇ　１２０個セット　粒胡椒　和風ダレにんにく風味　９９８００円】
　だったから、４倍は行けるね。
（小袋のジャムは……）
【給食用小袋ジャム　業務用セット　いちごジャム　オレンジマーマレード　ブルーベリージャム　りんごジャム　チョコレートスプレッド　ピーナッツクリーム　つぶあん　はちみつ　メープルゼリー　レーズンクリーム　15ｇ×１２００袋　３２４００円】
　だったから、12倍は可能かな。
ワタシ「たぶんですけど、干し肉は今の４倍、小袋のジャムは12倍は納品できると思います」
マスター「そんなにか！　そいつはありがてぇ。今はひとり１袋と制限をかけて販売してる程人気で品薄だったんだ」
ハンナ「それならジャンジャン売れるねぇ～。うんうん。こいつは腕が鳴るねぇ～」

ここでワタシは、売る気満々のハンターギルドの皆さんに、ひとつお願いをしてみます。
ワタシ「すいません。ワタシの納品したモノを売るにあたって、お願いしたいことがあります」
アイリーン「ん？　なにかしら？」
ワタシ「実は、さっき、【セオドア菓子店】に行ってきたんですが、ワタシたち、酷い扱いを受けました。それに、ねぇねとおにぃは、以前から追い払われたり、嫌なことを言われていたみたいです」
アイリーン「え？　ごめんなさい。私がおすすめしたお菓子屋さんが、そんなところだったなんて……」
おにぃ「いいえ。大丈夫です」
ねぇね「アイリーンさんのせいではありませんから」
ワタシ「それに、ワタシたちがいると、お店の品位が下がるから近寄るなと言われました。だから、ワタシが創り出したモノであのお店の品位が下がらないようにしたいと思いました」
アイリーン「ん？　ふむふむ、なるほど？　つまり、【セオドア菓子店】には一切売りたくない、そういうことね？」
ワタシ「はいです！」
　ワタシからのお願い、それは、【セオドア菓子店】には一切ワタシが納品したモノを売らないでほしい、ということ。
　あの嫌な店員さんの言う通り、ワタシ達のような貧乏な子供は、あのお店には一切関わらないようにしてあげましょう！

（ねぇねとおにぃをいじめたお店になんかに、商品を卸してあ～げな～いっ！）（╹ε╹）

アイリーン「りょーかい。納品者の意向は最大限に尊重しなくっちゃねっ。でもまた今度、山吹色のごほうび、お願いねっ？」

アイリーンさんに、山吹色のお菓子（【ウィスキー】）の効果は絶大だったようです。

◆◇◆◇◆

ローラおねえちゃんのお店【ガレットのお店　ローラ】への【ホケミ】さんの販売の手続きのことやら、ビーフジャーキーや小袋のジャムの今後の販売拡大戦略やら難しそうなお話は、ハンターギルドのオトナの方々に丸っとお任せして、ワタシ達３人は、お先に失礼させていただきます。

ハンターギルドの裏庭にある、草むらの中のお家に戻ってきたワタシ達。

時刻はお昼ちょっと過ぎ。

この時間、ワタシにはやるべきことがあるのです。

そう、それは、いつものお昼寝タイムなのです。

ということで、いつもの日課を満喫し、小一時間程してお昼寝から目覚めると、

アリス「あ！　起きたんだね？　こんにちは～。早速遊びに来たよ？」

なんと、【マダムメアリーの薬店】のアリスちゃんが遊びに来ていました。

ワタシがお昼寝を堪能している最中、【マダムメアリーの薬店】の裏庭側からひょっこり現れたアリスちゃん。

その時、ねぇねとおにぃがやっていたリバーシゲームに興味を惹かれ、ワタシが起きるまでずっと、ねぇねとおにぃ相手にリバーシゲームを楽しんでいたようです。

今はおにぃとアリスちゃんが対戦しているところのようです。

(やっぱり、リバーシは最強ですね～。でもワタシ的には、子供はみんなで一緒に体を動かして遊べるモノの方がいいと思うんですよね～)

そんなことをひとり考えていると、ねぇねがワタシのところへやってきました。

ちょうどいいので、ねぇねに遊び道具の要望を聞いてみます。

ワタシ「ねぇね、みんなで遊ぶとしたら、どんな遊びがいい？」

ねぇね「ん？　そうね～、おチビちゃんがあんまり危なくないのがいいな～。トランポリンもすべり台も面白いけど、おチビちゃん、ちょっと危ないもん」

ワタシ「う～ん。それなら、ずっと座っていられるのがいいかな？」

今日は【ウィスキー】と【ホケミ】さん１個と【ホケミ】さん１０８６個、計３回【想像創造】を使いました。

残り１回【想像創造】が使えます。

(値段がわかっているヤツなら簡単なんだけど、はじめて作るモノは値段がわからないからな～。とりあえず、アリスちゃんも入れて、４人が同時に使える、ブランコを【想像創造】！)

……

(アレ？　ダメか～。それじゃあ、３人が同時に使える、ブランコを【想像創造】！)

……

（アレ？　これもダメか〜。しょうがない、２人が同時に使える、ブランコを【想像創造】！）

【スチール製屋外２連式ブランコ　全幅４５００㎜×高さ２０００㎜　樹脂座面　３９１０００円】

（できた〜！　創れた〜！）

目の前に現れたのは、４脚の鉄製の支柱で支えられている、座面が２つのブランコ。

目の前に急に大きなものが現れても、もはやほとんど驚きもしなくなってしまったねぇねが、こともなげにつぶやきます。

ねぇね「なんだか大きな天幕の骨組みみたいだね」

　少し遅れて、リバーシ組も加わります。

おにぃ「うぉっ？　またおチビか？」

アリス「え？　おチビちゃん？　どういうこと？」

　アリスちゃんの疑問はスルーして、早速ブランコの説明に入るワタシ。

　遊び最優先な幼児なのです。

ワタシ「これはね、ブランコっていうの」

ねぇね「ブランコ？」

ワタシ「そう、あの、ぶら下がっている椅子に座って、ぶら〜んってするから、ブランコなの」

おにぃ「へぇー、座って揺れるだけなのか？」

ワタシ「そうだけど、ひとによって、ぶら〜んだったり、ぶぅわぁ〜んだったりして、飛びだしそうで面白いよ？」

ねぇね「へぇー、なんだか楽しそう」

おにぃ「それじゃ、まずはおチビがやって見せてくれよ」

ワタシ「うん！」

　ということで、ワタシがお手本を見せるべくブランコに近づきましたが、残念なお知らせがありました。

　ブランコの座面が高過ぎて、ひとりでは座れないという現実に直面してしまったのです。

　座面の高さは、ワタシの腰以上胸の高さ以下、といった感じ。

　ゆらゆら揺れる不安定な座面にひとりで飛び乗ることは、今のおチビなワタシにはちょっとばっかし曲芸じみていて無理ゲー。

　素直におにぃに座らせてもらうことにします。

　そして、ぽすんと座らせてもらった直後、更なる悲報がワタシを襲います。

ワタシ「ひょい、ほい」

　パタバタ、ジタバタ

　なんと、ブランコを漕ごうといくら足をバタつかせても、座面がピクリとも動かないのです。

　もう少し体全体を使えればなんとかなるでしょうが、少しでもお尻を浮かせて体重移動しようものなら、頭でっかちな幼児体形が邪魔をして、後ろにひっくり返ってしまいそうになるのです。

　すべり台の時みたいな、後頭部ダイブは御免こうむりたいワタシ。

　なので、ひざ下のバタ足の動きに頼るしかないのです。

そんなこんなで粘ること数十秒。

これが最後とばかりに、両足をそろえて一気にひざ下を蹴り上げます。

ワタシ「そりゃ～　(/>_<)/」

スポッ

すると、両足に履いていた靴が、スポンと脱げで前方50センチ程まで飛んで行ってしまいました。

それを見ていたおにぃが、すかさずもう一台のブランコの座面に座り、勢いをつけて靴を飛ばしはじめました。

おにぃ「そりゃ！　やった～！　２メートルは飛んだか？」

この世界で、ブランコ靴飛ばしが発明された瞬間でした。

結局、飛ばした靴を回収するため、ねぇねにブランコから降ろしてもらい、ひと漕ぎも出来ずにワタシのブランコ活動はあえなく終了。

ブランコはねぇねとバトンタッチです。

ねぇね「それ！　ん～！　１メートルも飛ばせなかった～」

するとなぜだかねぇねまでもが靴飛ばしに夢中になってしまい、結局、『ブランコ＝靴飛ばし遊び』という間違った認識を修正するまで、５分程要してしまうのでした。

最初の見本がワタシだっただけに、素直なねぇねとおにぃはそのまんま再現してしまったようです。

その後のワタシの懸命な説得により、最後には普通にブランコを漕いでくれたねぇねとおにぃ。

でも、靴飛ばしの時程はしゃいだ感じにはなっていませんでした。

（まあ、靴をなくさなければ、靴飛ばしをしてもらっても全然かまわないんですけどね？）

ちなみにアリスちゃんはといえば、意外や意外。

いきなり立ち漕ぎを始める程のアグレッシブなライドオンを見せつけてくれました。

アリス「よいしょ～！　こらしょ～！　どっこいしょ～！」

可愛らしい見た目と違って、かなり活動的なアリスちゃん。

もしかすると、日頃たまっているうっぷんをここで発散しているのかもしれません。

（うん。アリスちゃんには、しっかり体を動かす遊びの方がいい気がする。次回からはリバーシじゃなくて、トランポリンを中心に体を動かしてもらおう）

そんな感じで、ブランコでのお庭でのお遊びは無事？　終了。

前世の記憶では、ブランコは安全かつ穏やか、のんびりゆらゆらというイメージだったのですが、今のおチビなワタシにとっては、以外と扱いが難しい遊具なのでした。

◆◇◆◇◆

翌朝、朝の少し遅めの時間。

いつものように2日に1度の【ジョシュア雑貨店】への納品にやってきたワタシ達３人。

でも今日はいつもと少し違います。

今までは前日に納品物を用意してそれを持ち運んできたのですが、今日からは違います。

納品先の現地で出しちゃいます。

なぜかって？　それは、既に値段が分かっているものであれば、40万円を超えない限り、大量に創り出すことが出来ると分かったからです。

　そんなこんなで手ぶらで【ジョシュア雑貨店】へ向かったワタシ達３人。

　入店と同時にご挨拶です。

「「「おはよ〜ございま〜す！」」」

　すると、いつもなら穏やかなお返事が返ってくるのですが、今日は様子が異なります。

　慌てた様子でジョシュアさんが飛び出してきました。

ジョシュア「ああ、良かった。待ってたよ！　ちょっとビックリというか、驚いたというか、困ったことになっちゃってね」

ワタシ「困ったこと？」

　ジョシュアさんのお話では、今までの営業努力が功を奏し、領主館においてはちみつと石鹸は爆発的人気になっているそうです。

　そしてそのお話は、当然主であるご領主様のお耳にも届き、はちみつと石鹸を納品しているジョシュアさんが特別に拝謁を許されることになった、ということみたいです。

　ご領主様は、はちみつのことを『黄金色の蜜』だと大絶賛されているようで、

ワタシ「大量に購入し、王家や諸侯への土産物としたい」

　とのお言葉をいただいているようです。

ワタシ「その謁見って、いつなんですか？」

ジョシュア「それが急でね？　今日の午後一番に領主館へ参上するようにとのお達しなんだよ」

つまり、お貴族様からの緊急の呼び出しみたいです。

指定時刻は今日の午後一。

意外とタイトなスケジュールです。

（ここはワタシたちが勝手に動いてはいけないような気がするな～）

学習機能付きのワタシは、早速、ジョシュアさんを伴って、ハンターギルドへ向かうことにしました。


……

そしていつもの会議室。
ワタシ達３人とジョシュアさん、そして、ハンターギルドの幹部職員が急遽大集合です。
ジョシュアさんがざっくりと状況説明を行い、お話し合いのスタートです。
支部長《ローガン》「話は分かった。ご領主様から呼び出しを受けているのは、ジョシュア殿だけでよいのかの？」
ジョシュア「いいえ。それがご領主様からは、納品者も必ず連れてくるようにと……」
なんと、ワタシ達３人も領主館に行かなければならないみたいです。
副支部長《イーサン》「ご領主様は、はちみつを多数御所望ということで、よろしいでしょうか」
ジョシュア「はい。私はそう聞いています」
支部長《ローガン》「されど、謁見に手土産もなしとはいくまいて」
副支部長《イーサン》「そうですね。何かしらご領主様のご希望に添える献上の品があればいいのですが」
ジョシュア「あ、あの。その件についても、心当たりというか、思い当たるふしがありまして……」
支部長《ローガン》「ほう？」
ジョシュア「実は私、以前この子達からプレゼントを貰いまして、この腕時計なんですが……」
ハンナ「あらまあ！　こんなに小さいのに時計なのかい？」
副支部長《イーサン》「これは驚きですね」
ジョシュア「ええ。とても便利で、毎日着けているのですが、領主館への納品の時、職員にこの腕時計を見られてしまったようでして……」
支部長《ローガン》「ご領主様もご存じで、しかも御所望であると？」
ジョシュア「間接的ですが、領主館に勤める知人からはそのようなことを聞いております……」
支部長《ローガン》「ご領主様の今回の目的は、むしろそちらであろうの」
ジョシュア「そうなりますか……」
アイリーン「おチビちゃん、そういうことらしいんだけど、対応出来る？」
ワタシ「う～んと、できますけど、どんな腕時計を創ったらいいのかわからないので、現地でご希望を聞いてもらっていいですか？　あと、はちみつもここで創って運ぶのは大変なので、現地で創っていいですか？」
支部長《ローガン》「そうじゃの。質問するのは失礼かもしれぬが、ご領主様のご希望と違うものを献上するよりはましじゃろう」
副支部長《イーサン》「ちなみにはちみつはどれくらいの数を創れるんでしょうか」
（はちみつはたしか【はちみつ ブレンディッド １２００ｇ ４８００円】だったから、40万円だと……）

今日も活躍そろばん4級ちゃん。

ワタシ「たぶんですけど、83個ですかね」

支部長《ローガン》「こりゃまた凄い数じゃの」

副支部長《イーサン》「たしかガラスの容器に納められた『黄金色の蜜』でしたか。下手に輸送してガラスが割れる危険性を考えれば、現地で出した方が安全でしょうね」

　そんな打ち合わせをして、ワタシ達はご領主様との謁見に臨むことになりました。

　謁見に行くのは、ジョシュアさんとワタシ達『シュッセ』の3人。そして、『シュッセ』の後見をしているという理由で、ハンターギルドの支部長《ローガン》さんと、助手としてアイリーンさん、馬車の御者としてマッチョな強面マスターさんが参加です。

　そしてお昼過ぎになり、いざ出発となった時でした。

マスター「支部長、すまねぇが歩いていくしかないみてぇだ。誰かが先にギルドの馬車を使っちまってらぁ」

アイリーン「もう、誰よ、こんな大事な時に」

支部長《ローガン》「そうか。あいにく馬車が出払っておっては、歩いていくしかないわい。おチビには、ちと大変かもしれんな」

　どうやらお散歩決定のようです。

　と思ったら、マスターが「いいこと考えた！」とでも言いそうな勢いで、ワタシ達に話しかけてきました。

マスター「あ！　そうだ！　お前らのアレ、派手な荷車、あれなら全員乗っかるだろ？　アレを貸してくれ！」
ワタシ「え？　リアカーですか？」
マスター「そうそれだ、オレが引いていく」
　そんな展開になってしまいました。
（リアカーにひとを乗せて、ひとが引くの？　なんか大変そう〜）
　そう思ったワタシは、アレを【想像創造】してみることにしました。

【オトナの三輪車　マウンテントライク24インチ　７スピードギア　リアショッピングバスケット付き　シルバー　４３９００円】

（これにリアカーをしばりつけて、けん引すればいいんじゃない？）
マスター「なんだこりぁ？」
ワタシ「これは三輪車。これにリアカーを結び付けて、三輪車で引っ張るんです。もちろん、三輪車にはマスターさんが乗って、力いっぱい漕いでもらいます。けど、直接リアカーを引っ張るよりは、かなり楽だと思いますよ？」
マスター「よく分からねぇけど、俺が漕げばいいんだな？」
　ということで、早速、マスターさんに三輪車の使い方をレクチャーして、いざ、領主館へ出発です。

◆◇◆◇◆

オトナ用の大きな三輪車にけん引されたリアカーに乗って、領主館に来たワタシ達3人と保護者一同。

道中、かなりの数の町の人達の視線を集めたことは言うまでもありませんが、そんな些末なこと、今はスルーです。

ワタシ達3人はいつも通りの服装ですが、ジョシュアさんもギルドの支部長さんもアイリーンさんも、黒っぽい服を身にまとって、ちょっとおめかしさんです。

そしてあれよあれよという間に謁見の場所に案内されたワタシ達一行。

そこには、金髪に口ひげ、ちょっと優男風のご領主様と思しき男性と、金髪のロングヘア、涼し気な目元の奥様らしき美人さんが、ちょっと高座になっている場所で、高級そうな椅子に座って待っていました。

早速、全員片膝をついてご挨拶。ワタシ達3人も、オトナの見様見真似で対応です。

領主「急にすまんね。館の中で噂になっている『黄金色の蜜』に興味があってね、それにその納品者にもね？」

そう言ったご領主様は、意味ありげにワタシに目線を向けてきました。

（これはワタシに話しかけているのかな？）

そう思ったおチビなワタシは、空気を読まずに勝手に発言してしまいます。

ワタシ「ご領主さま、ワタシ、発言してもよいでしょうか？」
ジョシュア「え？」
支部長《ローガン》「これこれ、おチビよ」
領主「まあよいではないか。おチビちゃん、発言を許そうではないか」
ワタシ「ありがとうございます。まずは、ご領主さまのご希望をお伺いしたいのですが、派手な方がいいですか？　それとも地味な感じでしょうか？」
領主「ん？　派手好きかと言われれば、そうであろうな」
ワタシ「わかりました」
　そうお返事をしたワタシは、早速【想像創造】（本日２回目）です。

【セ○コー　自動巻き腕時計　セ○コー５　ゴールド　生活防水　ステンレスベルト　ミネラルクリスタル　４０５００円】

　前世の記憶にある、一番派手な金ピカ腕時計を創り出しました。

ワタシ「どうぞ、これをお納めください」

　ワタシは、近くにいた侍従っぽい人に、創った腕時計を差し出します。

　侍従から腕時計を受け取ったご領主様は、
領主「これは凄い。こんなに小さく、身に付けられる時計があるとは。しかも全体が金色に輝いておる！」

ワタシ「お気に召していただいて、よかったです。次に、今日の納品、はちみつは、どこに出したらいいでしょうか？」
領主「ん？　ああ、そうであったな。あの『黄金色の蜜』も今ここに出してもらって構わんぞ」
ワタシ「わかりました。それでは」
　ということで、早速次の【想像創造】（本日3回目）です。
【はちみつ　ブレンディッド　１２００g　４８００円】×83個　３９８４００円
ワタシ「どうぞ、お納めください」
領主「なっ？　一瞬にして、このような数の……なんと見事な……」
奥様「キレイ。ほんと、キレイなガラスね」
　ここにきて、奥様が発言しました。
（ん？　奥様は、ガラスがお好きなのかな？　じゃあ、ガラスをプレゼントした方がいいのかな？
でも、ただのガラスじゃ……そうだ！　アレならどうかな？）
　ということで、本日4回目の【想像創造】です。

【自立式全身鏡　チーク無垢材フレーム　幅90cm×高さ１８０cm　29kg　４９５００円】

ワタシ「奥様には、こちらをどうぞ」
　そう言って、創り出した姿見を指し示すワタシ。
　そこでふと考えたら、この世界で自分の姿をちゃんと見た覚えがありません。

キレイなガラスがない世界です。当然、まともな鏡を見る機会なんて皆無です。

ということで、ついでなので、出てきた鏡を覗き込んでみます。

するとそこには、ちょっと輝きのある灰色の髪の毛に灰色の目をした幼女が映っていました。

（うぉ、だれ？　まさかコレがワタシ？）

試しに前世の記憶にあるボディビルのポージング【フロントダブルバイセップス】をしてみましたが、鏡の中の幼女が全く力こぶがない中途半端な万歳をしはじめたので、たぶん、これが今のワタシなのでしょう。

そんな感じで、不思議顔をした自分の姿を鏡をとおして見ていると、奥様から声がかけられました。

奥様「こんな大きなガラスで出来た鏡なんて……本当にいただいちゃっていいのかしら？」

ワタシ「はい。ぜひどうぞ」

これで一件落着。

そう思った時でした。

目の前に、ワタシのステータス画面が出てきました。

名前：アミ
種族：人族
性別：女
年齢：５歳
状態：発育不良　痩せすぎ

魔法：【なし】

スキル：【想像創造】レベル5（5回／日）

どうやら、スキルのレベルアップをお知らせしてくれたみたいです。

（やった！　【想像創造】がレベル5になって、1日5回使えるようになった！）

今日は4回【想像創造】したので、あと1回、なにかを創り出せることになります。

（状態は【発育不良　痩せすぎ】のままか～。もっとおいしいモノをたくさん食べないとだね？）

そんなことを思いつつ、この謁見もそろそろおしまいかな？　と思っていると、この謁見の間に新たな人物が入ってきました。

女の子「私のは？　私には何かないの？」

おにぃと同じぐらいの背の高さで、金髪碧眼。

豪奢な髪を両サイドドリルにした、まさに動くお人形さんが、堂々の登場です。

領主「ベアトリス、今は引見中だ。後にしなさい」

ベアトリス「お父様とお母さまだけずるいじゃない。私も何か欲しいのです！」

完全におねだりに来ただけみたいです。

そう思っていると、ねぇねとおにぃが反応しました。

ねぇね「あの子って……」

おにぃ「あぁ。炊き出しの時の……」

どうやらお嬢様のことを以前から知っているみたいです。

それはそうと、この状況をとっととどうにかしたいワタシとしては、さっさとプレゼントを渡してしまおうと考えます。

（女の子が好きそうなものを渡せばいいんだよね？　それなら……）

　ということで、本日打ち止め、５回目の【想像創造】です。

【ミケネコさん　ギュッと抱き枕ぬいぐるみ　約Ｈ１０３×Ｗ30×Ｄ25㎝　４７４０円】

　ワタシとほぼ同じ（ぬいぐるみの方が大きい）大きさのぬいぐるみを創り出した瞬間、その場でそのぬいぐるみにポフッと抱き着いたお嬢様。

　カワイイ美少女がカワイイことをしているだけですが、とても絵になります。

　そして、「凄～い！　大切にするね！　ありがとう！」と、そそくさと帰っていくお嬢様なのでした。

領主「我が娘がすまんね。邪魔が入ったことだし、今日のところはこの辺にしておこうか」

奥様「おチビちゃん、今日はありがとうね。また遊びに来てちょうだい？」

ワタシ「はいです。本日はお時間ありがとうございました」

支部長《ローガン》「ご領主様、本日はこれにて、失礼させていただきます」

　こんな感じで、謁見という名のプレゼント大会は無事終了。

　今日納品したモノの代金は、精査して後日支払われることになりました。

（ただ強請られただけのような気がするのは、ワタシだけ？　なんだか体《てい》のいいカツアゲだよね？　これ。でもまあ、対価はもらえるようだし、ちょっと変わった訪問販売だと思えば、これはこれで

アリなのかな？）

　そんなことを思いつつ、大量のはちみつをどたばたと片付けている侍従の皆様を横目に、用件は済んだとばかりにそそくさと退散するワタシ達一行なのでした。

　そして帰りのリアカー上では、早速謁見の反省会が始まりました。

ジョシュア「いや～、おチビちゃん、ありがとうね。全部おチビちゃんに任せっきりになってしまって申し訳ないよ」

アイリーン「でもご領主様が寛大な方で良かったわ。おチビちゃんったら、いきなりご領主様に話しかけちゃうんですもの」

支部長《ローガン》「ワシはヒヤヒヤしたぞ？　おチビよ」

ワタシ「ごめん……なさい……はやく……謁見……終わらせて……」

おにぃ「あ～、もうダメみたいだな」

ねぇね「今日はおチビちゃん、お昼寝してないもんね」

　そして反省会開始早々、おチビなワタシは電池切れ。

　ねぇねに後ろから抱き寄せてもらったおチビちゃんは、心なしか行きよりゆっくり丁寧に走るリアカーの上で、すやすや夢の中なのでした。　Zzz…（´～｀）。ｏ◯

◆◇◆◇◆

　その頃、おチビちゃん達一行が辞去した謁見の間において。

奥様「ねえ、あなた見た？　あのおチビちゃん」
領主「ああ。鏡に映った自分の姿に驚いて、百面相しておったな。何とも愛くるしいことよ」
奥様「そうじゃなくて！　まあ、それもそうなんですけど、違うのです！　あのおチビちゃんの、髪と目が！」
領主「お前も気づいたか」
奥様「ええ。時折、光を反射したような……あれはつまり、そういうことなのかしら……」
領主「一見したところ、灰色のようだったが……もしかすると、今日は思わぬ収穫だったかもしれぬな」
奥様「では、やはり？」
領主「今の時点では確証はない。確証はないが……まずは陛下に一報だけでも入れておくべきであろうな。とにかく今後とも、注視しておくことにしよう」
　領主夫妻の間で、なにやら意味ありげな会話が行われていたのでした。

◆◇◆◇◆

　ご領主様からの呼び出しという名の、お貴族様によるプレゼントお強請《ねだ》り会、そんな大イベントの翌日。

　今日は全く納品がない日です。

　おチビで幼児なワタシは、連日のストレスがそろそろピークに達しつつあるので、今日は完全休養日。

今日はどこへも出かけず、お家でゆっくり遊んで過ごすと決めています。

（最近いろいろあって疲れたな～、今日はお家でのんびりしよ～。今日はなにしようかな～。また新しい遊具でも創って、みんなと遊ぼうかな～）

そんなことを考えていると、早速お友達が遊びに来てくれました。

アリス「おはよ～。昨日のブランコ楽しかったから、今日も遊びに来ちゃった～」

見かけによらず意外とアクティブなアリスちゃんが、朝もはよから遊ぶ気満々です。

ワタシ「アリスちゃん、おはよ～」

ねぇね「いらっしゃ～い」

おにぃ「よぉ、早いな。また、リバーシでもするか？」

おにぃが早速リバーシに誘っていますが、アリスちゃんは違うんです。アリスちゃんはそうじゃないんです。

（きっとアリスちゃんは、体を思いっきり動かしたいんだよ？　発散したいんだよね？　いろいろと）

そう思ったワタシは、コッソリおにぃを誘導します。

ワタシ「おにぃ、アリスちゃんにトランポリンの使い方、教えてあげて？　きっと気に入ってもらえるはずだよ？」

おにぃ「そうか？　それじゃあそうする」

アリス「とらんぽりん？　それってどんなの？」

ワタシ「ぴょんぴょん飛び跳ねるの。飛んでるみたいで面白いよ？」
アリス「ブランコよりも？」
おにぃ「どっちも楽しいけど、オレはトランポリンの方が好きかな」
ねぇね「私はおチビちゃんが創ってくれたものなら、なんでもみんな好き～」

　そんな会話をしつつ、ワタシは次の遊具を考えます。

（う～ん、次の遊具はどうしようかな～。楽しい遊びって、やっぱり日ごろの生活では体験できない動きとかだよね～。だとすると……そうだ！　アレを【想像創造】！）

【回転型グローブジャングルジム　高さ２２００㎜　直径２０５０㎜　４８４０００円】

（やった～！　創れた～！）

　目の前に現れたのは、カラフルな鉄のパイプが球形に組まれたジャングルジム。

　しかも、その球形のジャングルジム自体がぐるぐると回転するというオマケつき。

　登ってよし、回してよしのお得な遊具です。

ねぇね「あ！　またおチビちゃんが何か創ったんだね？」

　近くにいたねぇねが早速リアクションです。

ワタシ「じゃじゃ～ん。これは回転ジャングルジムという遊具で～す。登って遊んだり、ぐるぐる回して遊んだり、いろいろできて楽しいよ？」

　そんな会話をしている時でした。

女の子「ここなのね？　お邪魔するわよ～？」

　どこかで聞いたことがある声が、ワタシ達のお家のハンターギルド側の入り口方向から聞こえてきました。

　そして間もなく姿を現したのは、金髪サイドドリルが勝気な笑顔を引き立たせている西洋的な美少女と、兵士のような格好をした男性２人。

　昨日大きなぬいぐるみをプレゼントしたご領主様のお嬢様が、護衛を２人伴って、ワタシ達のお家に凸してきたのでした。

お嬢様「なにこれなにこれ？　なんなのここ？」

　ワタシ達のお庭を見て、興奮気味に語り掛けてくるお嬢様。

　正直、どう接すればいいのか分かりません。

（お嬢様はお貴族様だよね？　普通にお話しして怒られないかな？）

　そんな思いがワタシの表情に出ていたのか、お嬢様から気軽な感じで話しかけられてしまいました。

お嬢様「みんな同じ年ごろなんだから、気軽に話しかけてちょうだいね？　私の名前はベアトリス。『ビー』でも『トリス』でも、好きなように呼んでちょうだいね？」

　そんな、見た目と違ってかなり気さくなお嬢様。

　ワタシは警戒レベルを数段階下げて、普通に話しかけてみることにしました。

ワタシ「それじゃあ、ビーちゃん様って、呼んでいいですか？」

ベアトリス「え？　『ちゃん』の後ろに『様』がつくの？　なんだかかぶってない？　別にいいけ

ど」
一応お許しをいただいたみたいなので、質問を続けることにします。
ワタシ「ビーちゃん様は、なにしにワタシたちのお家に来たの？」
ベアトリス「そう、それなんだけど、昨日、あなた達が乗ってきたっていう、足で漕いで進む乗り物？　それを見に来たの」
どうやらビーちゃん様の目的は、三輪自転車みたいです。
（あれだけ堂々と領主館に乗り付ければ、目立つのも当然ですよね〜）
ということで、早速三輪自転車を見てもらおうと思ったのですが、
ベアトリス「でもその前に、この草むらの中にある大きなモノは一体何なの？　見たことがないモノばかりなんですけど？」
ビーちゃん様はワタシ達のお庭にある、遊具達に興味津々のご様子です。
それならば、ということで、一緒に遊んじゃいましょう！
ワタシ「それじゃあ、ビーちゃん様も一緒に遊びましょ？」
ベアトリス「え？　アレって、遊び道具なの？」
ワタシ「うん、そうなの。まずは、あの大きなカゴみたいなヤツ。トランポリンって言うんだ〜」
ベアトリス「とらんぽりん？」
ワタシ「そうそう。今からおにぃとアリスちゃんが遊ぶところだったから、一緒にどうぞ？」
おにぃ「お、オレが、使い方を説明する、しますです」
アリス「よ、よろしくお願いします」

ベアトリス「よろしくね？　そんなにかしこまらなくてもいいわ。みんなで楽しく遊びましょ？」

　ばよぉ〜ん

　びよぉ〜ん

　ぶよぉ〜ん

　べよぉ〜ん

　ぼよぉ〜ん

ベアトリス「あはははっ！　うはははっ！」

　スカートをひらひらとたなびかせ、金髪ダブルドリルもぴょんぴょんと飛び跳ねさせ。

　豪華なドレスなどもろともせず、トランポリンの中心付近で軽快に跳ね上がるビーちゃん様。

　ドレスのスカート丈がかなり長くて幸いでしたが、下手をしたらパンちら案件でした。

　さすがに遠慮したのか、おにぃとアリスちゃんはトランポリンの端でおとなしくポヨポヨ揺れている程度です。

　スルル〜

ワタシ「うっひょ〜」

　続いてすべり台に突入したビーちゃん様。

　まるでサッカー選手のスライディングタックルのような勢いです。

　きぃ〜こぉ〜

　ぎぃ〜こぉ〜

ワタシ「そ〜れ！　そ〜れ！」

　更にブランコに移動したビーちゃん様。
　スカートを全く気にするそぶりも見せず、軽快に立ち漕ぎです。
　そして最後は、本日出したてほやほやの回転ジャングルジムです。
ワタシ「これはまず、おにぃ以外のみんなは中に入るかどこかにつかまってね？」
ベアトリス「そうなの？　分かったわ」
　ビーちゃん様はジャングルジムのてっぺんに鎮座し、アリスちゃんは中に入って外枠の鉄柱に寄りかかり、ねぇねはワタシを抱き寄せてジャングルジムの中央底に座りました。
ワタシ「それじゃあ、おにぃ、このジャングルジムを回してね？」
おにぃ「ん？　回すのか？　分かった。いくぞ～？　そーれっ」
　ゴロゴロゴロゴロ
　ぐるぐるぐるぐる
ベアトリス「ふわぁ～、なにこれ？　回ってるわ！　私の世界が回ってるわ！」
アリス「きゃぁ～、まわるぅ～、たのしぃ～」
ワタシ「うわ～い。ねぇね、回ってるよ？　楽しいね？」
ねぇね「あわわわわ、あわわわわ、目が回る～」
ワタシ「おにぃ、ある程度回ったら、おにぃもジャングルジムに飛び乗ってね？　とっても楽しいよ？」
おにぃ「そうなのか？　分かった、やってみる」
　こんな感じで全ての遊具について説明し終わる頃には、ビーちゃん様はご機嫌でした。

ベアトリス「凄いわココ。楽しいことがいっぱい！」
ワタシ「でしょでしょ？」
ベアトリス「ええ。もうずっとココにいたいくらいよ！」
そんな会話をしていると、今までずっと近くに控えていた護衛さんが声をかけてきました。
護衛「お嬢様。そろそろ御帰宅のお時間ですので」
ベアトリス「え〜？　もうそんな時間なの〜？　まあ、約束だししょうがないわね」
どうやらビーちゃん様のタイムリミットが迫ってきたようです。
ということみたいなので、お別れのご挨拶でもしようかなと思ったのですが、
ベアトリス「それじゃあ、最後に昨日の足で漕いで進む乗り物を見せてくれるかしら」
今日、ビーちゃん様がここへ来た目的、三輪自転車が最後のメニューのようです。
早速おにぃに頼んで、お庭の隅に置いてあった。
【オトナの三輪車　マウンテントライク24インチ　７スピードギア　リアショッピングバスケット付き　シルバー　４３９００円】
を持ってきてもらったんですが、明らかにビーちゃん様には大き過ぎです。
（さすがにオトナ用だけあって、これ、子供には大きすぎて乗れないよね〜。それなら、もうちょっと小さい三輪自転車を、【想像創造】！）
【折りたたみ式三輪自転車　前輪20インチ・後輪18インチ　大容量前後カゴ付　３段ギア　耐荷重２００kg　シルバー　４９８００円】

前世の記憶で高齢者が使っていたこれなら、子供でもなんとか乗ることが出来るでしょう。

ベアトリス「これ、もしかして、わざわざ私用に創ってくれたの？」

ワタシ「これならビーちゃん様でも乗れるでしょ？　もう帰るお時間みたいだし、これに乗って帰ってね？」

ベアトリス「え？　これくれるの？　おチビちゃん、ありがとう！」

　ということで、ビーちゃん様には、そのまま乗って帰ってもらいました。

（三輪車って、誰でも簡単に乗れるから、便利だよね～）

　そして嵐が去ったワタシ達のお庭。

おにぃ「なんだか驚いたな」

ねぇね「あのお嬢様、いろいろなところで見かけるよね」

　ビーちゃん様はいろんなところで目撃されているみたいです。

アリス「私、ちょっと疲れちゃった。今日はもう帰るね？」

ワタシ「うん。また今度ね～」

アリス「あ！　そういえば、今度また指名依頼をするから来てほしいって、おばあちゃんが言ってた。また一緒にポーション作ろうね？」

ねぇね「うん。とっても楽しみ」

おにぃ「またな～」

ワタシ「バイバ～イ」

ということで、今日のお庭でのお遊戯会は解散なのでした。

今日はゆっくりするつもりだったワタシ。

でも、ご領主様のお嬢様の登場というサプライズがあり、ちょっと気疲れしちゃいました。

（でも、新しいおともだちができちゃったかも！　ビーちゃん様、また遊びに来てくれるかな？

また一緒に遊んでくれるといいな～）

疲れも気にならないくらい、新しい出会いに期待でワクワクなワタシなのでした。

そんな楽しい今日の締めくくりに、昨日から創りたかったものを【想像創造】します。

【ミケネコさん　顔だけクッション　60cm×40cm　３９８０円】

ワタシ「ねぇね、これ、ねぇねにあげるね？　昨日、ビーちゃん様にあげたぬいぐるみのちっちゃいヤツだけど、もらってね？」
ねぇね「え？　どうして……」
昨日、領主館の謁見の間でワタシが創り出した、大きなネコの抱き枕ぬいぐるみ。
創り出してすぐ、その大きなぬいぐるみにポフッと抱き着いていたビーちゃん様。
その姿を、羨ましそうに見つめていたねぇねのことを、見逃すワタシではありません。
ワタシ「昨日渡せなくて、ごめんね？」
ねぇね「ううん。そんなこと……おチビちゃん、ありがとう！」
そう言って、丸っこいぬいぐるみに抱き着き、頬ずりするねぇね。

以前、はちみつを食べたかったのに我慢していたねぇね。

あの時は、スラム脱出のことで頭がいっぱいで、大切な人の気持ちに気づいてあげられなかったワタシでしたが、今は違います。

もう、そんな過ちは繰り返さないワタシなのでした。

【第６章】 教会と騒動

ビーちゃん様の凸を受けた翌朝。

昨夜、残り2回使えた【想像創造】で、そろそろ残り少なくなっていたワタシ達の朝食のかなめ

【無洗米　コシヒカリ　愛知県産　５kg　２２８０円】

と、ご飯をより美味しくいただくために、ついに、アレに手を出してしまったワタシ。

【カレーパウダー　Ｓ&〇　特製カレー粉　４００g　赤缶　１２８５円】

この黄金のパウダーと無洗米を一緒に炊き込んで、今朝の朝食は、具のないカレー炊き込みご飯です。

おにぃ「うぉ～、なんだ～？　これ、すごく良い匂いするぞ～？」

ねぇね「嗅いだことない匂いだけど、美味しそ～」

ワタシ「でしょでしょ？　カレー粉は何でもおいしくしちゃうんだ～」

カレーが嫌いな子供はいません（たぶん）。

今朝は、朝カレーと洒落《しゃれ》込んでみたワタシ達３人なのでした。

そんな、ちょっとだけリッチな朝食をかっ込み、朝の少し遅い時間に【ジョシュア雑貨店】へやってきたワタシ達３人。

今日はいつものはちみつと石鹸の納品日なのです。

「「こんにちは～」」

ワタシ達のご挨拶と同時に、お店の奥から、ジョシュアさんとジェーンさんが笑顔で出迎えてくれました。

ジョシュア「いやぁ〜、いらっしゃい！　おとといはありがとうね！　ご領主様には、とても満足していただけたようだよ」

ジェーン「本当にありがとうね。もう、あんた達には感謝の言葉しかないよ」

　そんなお言葉をいただいて、ワタシ達も笑顔です。

ワタシ「お役に立てて、よかったです」

おにぃ「よかったです」

ねぇね「ジェーンさんに喜んでもらえて、嬉しいです！」

　特にねぇねは満面の笑み。

そんなねぇねが可愛かったのか、ジェーンさんも思わずねぇねの頭をナデナデなのでした。

ちなみに、【ジョシュア雑貨店】での納品物は、

【はちみつ　ブレンディッド　１２００g　４８００円】

【ハーブソープ お歳暮ギフトセット ローズ6個 ラベンダー6個 カモミール6個 ２５００円】

の2つを1つにまとめた、

【ジョシュア雑貨店納品セット　はちみつ　ブレンディッド　１２００g、ハーブソープ　お歳暮ギフトセット　ローズ6個　ラベンダー6個　カモミール6個　７３００円】

として【想像創造】出来ちゃいました。

何回も想像しているからなのか、理由は定かではありませんが、1回の【想像創造】で済むので、

とっても助かります。

　そんな感じで朝からとっても気分が良いワタシ達。

【ジョシュア雑貨店】での納品を終えると、ルンルンと足取りも軽く、ハンターギルドにやってきました。

　その目的は【ジョシュア雑貨店】の納品完了報告をするため。

　そして今日は、ハンターギルドへの納品日でもあります。

ワタシ「まずは【ジョシュア雑貨店】の常設依頼完了の報告をして、ハンターギルドへの納品は、そのあとマスターさんに声をかければいいのかな？」

おにぃ「そうだな」

ねぇね「最初の納品の時はマスターさんだったもんね」

　そんな会話をしつつ、いつもの受付に向かったのですが、アイリーンさんは席を外しているみたいで見当たりませんでした。

　どうしようかと悩んでいると、たまに見かける若い受付の女性、アイリーンさんの部下のイライザさんが、受付で男性とお話していました。

　男性は宗教関係者を思わせる黒い服装で、明らかにハンターギルドに来たお客さんです。

（お客さんが来てるみたいだし、先にマスターさんのところに行った方がいいかな？）

　そう思っていたら、ワタシ達の姿を目にしたイライザさんが、受付から大声でワタシ達を呼び始めました。

イライザ「あ！　『シュッセ』の3人ちょうどよかった！　こっち来てこっち！」

男性のお客さんのことは気になりましたが、依頼の完了報告をしてもらえそうだったので、渡りに船とばかりに、イライザさんのところへ向かいます。

　ワタシ達が受付窓口に到着すると、そのお客さんらしき男性とイライザさんが、ワタシ達をよそに会話を始めました。

中年男性「この子供達が例のハンターですか？」

イライザ「はい、そうなんです」

中年男性「ふむふむ。なるほど。まあいいでしょう」

イライザ「それでは？」

中年男性「ええ。先程お話しした通りに進めてもらって構いません」

　なんだかよく分かりませんが、ワタシ達にチラチラと目線を向けつつ、お話が進んでいるようです。

　すると、ワタシの右手がちょっと痛くなりました。

　どうやら、ワタシと手をつないでいたおにぃが手に力を込めたみたいです。

　ワタシが不満を表明するために、おにぃの顔を覗き見ると、なんだかとても怖いお顔になっています。

（おにぃがあの男のひとを睨みつけてる？　なんだろう、なにかあったのかな？）

ワタシ「ねえ、おにぃ。手が痛いよ？」

おにぃ「え？　あぁ、ごめんごめん。ちょっと力《りき》んじゃったかも」

ワタシ「うん平気だけど、おにぃどうしたの？」

おにぃ「いや、別に、どうもしてないさ」

　そんな会話をしていると、中年男性との会話が終わったのか、受付のイライザさんがワタシ達に話しかけてきました。

イライザ「おめでとう！　『シュッセ』にとって朗報ですよ？　こちらの方は教会からお見えの助祭様でね？　あなた達のために、指名依頼をしてくださることになったの。あなた達が領主館に納めている『黄金色の蜜』を御所望なのだそうよ」

助祭「そういうことだ。神のお導きに感謝を」

　どうやらワタシ達が【ジョシュア雑貨店】経由で領主館にはちみつを納めていることを教会の人が突き止めたみたいです。

（まあ、特に隠していたわけじゃないから、いつかはバレるとは思ってましたけどね～）

　そんなことを考えていると、意外な人物から強い口調の言葉が発せられました。

おにぃ「オレは！　教会のためになんて！　絶対に！　ヤダ！」

　ビックリしておにぃの顔を覗き込むと、助祭様と呼ばれた男性のことを、まさに親の仇のように睨みつけていました。

（おにぃ、さっきからどうしたんだろう。このひとと昔なにかあったのかな？　それとも教会？）

　そんな考えが浮かびましたが、なんにせよ、おにぃが嫌なことをワタシが引き受けることはあり得ません。

　なので、ワタシもキッチリお返事しておくことにします。

ワタシ「イライザさん、ワタシ、おにぃが嫌なら、その指名依頼は受けません。ねぇねもいいよね？」

ねぇね「もちろん」

イライザ「え？　おチビちゃん何言ってるの？　教会からの指名依頼だよ？　こんなチャンス、一生に一度ぐらいに稀なんだよ？」

　受付のイライザさんが、信じられないとばかりに語りかけてきますが、ワタシには響きません。ワタシにとっては、おにぃが嫌ならそれが答えなのです。

　ということで、ワタシ的にはそれでお話は終わったと思ったのですが、ここで助祭様と呼ばれていた中年男性が会話に入ってきました。

助祭「お前達、神のご意思に背くと言うのか？」

どうやら彼にとって、はちみつをゲットすることは、神様のご意思のようです。

（神様って、甘党なんだね～）

　そんなことを思っていたら、ワタシ以外からの反論が始まりました。

ねぇね「そんなの、神様のご意思でもなんでもありません。神様のお名前を、そんなことのために使って、恥ずかしくないんですか？　神様は私達の行いを、いつでも見ておられますよ？」

おにぃ「教会の腐った連中が、ただ甘い蜜を食べたいだけじゃないか。それのどこが神様の意思だって言うんだ。もしそれが本当に神様の意思だと言うんなら、そんな神様、願い下げだ！」

　ねぇねもおにぃも、言う時は言うタイプのようです。

助祭「くっ。生意気な。この私に、なんとも靦然《てんぜん》たる物言いよ。もはやお前達は神の教徒ではない。異端者として認定し、この町で生活出来ぬようにしてくれようぞ！」

イライザ「ちょ、ちょっと待ってください。助祭様、どうか、どうかご慈悲を。あなた達も、すぐに発言を撤回して、謝りなさい」

　なんだかいろいろヒートアップしてきましたが、とりあえずワタシは疑問に思ったことを聞いてみます。

ワタシ「あの、異端者認定？　それってどうなるの？」

イライザ「教会から異端者とされてしまったら、この町で人として生活出来なくなっちゃうわよ？買い物も出来なくなるし、食事も宿泊も、何もかも拒否されちゃうのよ？」

ワタシ「え？　それだけ？　それでおしまいなの？」

　意外と大したことないな、そんな感想がワタシの口をついて出てしまいました。

イライザ「え？　それだけってどういうこと？　大変なことじゃない！」

ワタシ「だってワタシたち、つい先日まで、この町でひととして扱ってもらえませんでしたよ？今だって、ちょっと怪しいぐらいですし」

　そう、スラム出身のワタシ達的には、今までと全く変わらない扱いです。

　むしろ、異端者という人扱いされる分、以前の全く人扱いされていなかった状態よりは、多少マシなのかもしれません。

　ということで、教会から異端者認定されようが、特に問題なさそうです。

ワタシ「教会とか神様とかよくわかりませんが、おにぃが嫌なその指名依頼は絶対に受けませ～ん。ワタシ達を異端者認定したければ、どうぞご自由に～」

　ねぇねとおにぃ最優先のワタシは、きっぱり拒否なのでした。　(〃＞＿＜〃)

◆◇◆◇◆

助祭「覚えておれ、下賤の小童《こわっぱ》どもめ！」

教会からの指名依頼をきっぱり断ったワタシ達３人。

そのことに激怒した教会の助祭様は、お顔を真っ赤にして、先程の捨て台詞を吐いてお帰りなのでした。

これでこのお話はおしまい。

そう思って、ワタシは本来の目的、【ジョシュア雑貨店】の納品完了報告を処理してもらおうとイライザさんに視線を移すと、こちらもお顔が真っ赤でした。

イライザ「もう！　どうして断ったりなんかしたの！　大変栄誉なことだったのに！　あなた達のことを思って、わざわざ教会と繋ぎをつけたのに！」

どうやら、受付のイライザさんは、『ワタシ達のためにわざわざ』教会の人を呼んでくれたみたいです。

そしてそれを無下にしたワタシ達３人におかんむりのご様子です。

（もしかして、ワタシたちがはちみつの納品者だってことが教会のひとにバレたのって……）

イライザ「あ～、どうしよう。教会からの依頼を断ったりしたら、ハンターギルドへのポーションの割り当てが減らされちゃうかもしれないじゃない！　私の評価も下がっちゃうだろうし……もしそんなことになったら、あなた達、責任取ってハンターギルドを辞めてもらうわよ！」

どうやら今回の問題はワタシ達だけにとどまらず、ハンターギルドにも影響が出てしまうかもしれないようです。

そして最悪の場合、私達はハンターギルドを辞めなければならないみたいです。

おにぃ「ごめん。オレのせいで……」

ワタシ「おにぃはこれっぽっちも悪くないの！　受けたくない依頼を受ける必要なんて、どこにもないの〜！」

ねぇね「そうだよそうだよ！」

ワタシ達は、つい先日まで、スラムで生活していました。

誰にも頼らず、誰にも頼れず、3人だけで生きてきました。

本当に辛い時、厳しい時、自分のことだけで精一杯だったはずなのに、足手まといでおチビなワタシとずっと一緒にいてくれたねぇねとおにぃ。

今のワタシがこうしていられるのは、この2人がおチビなワタシの面倒を見てくれたからです。

ワタシにとってねぇねとおにぃは、かけがえのない、大切にすべき、最優先すべき存在です。

今までも、これからも、ワタシ達3人は家族です。

だから、おにぃが嫌だと言っていることは、誰になんと言われても、絶対にしません。

そのことで、ハンターギルドに迷惑がかかるのなら、とっても残念ですけど、すっぱり辞めるしかありません。

2人さえ一緒なら、きっとこれからも大丈夫。

ワタシにとっては、ねぇねとおにぃ以上に大切なことなんて、この世にはないのですから。

ワタシ「ねぇね、おにぃ、ハンターギルド辞めたらどうしようか？　ハンターギルドの登録証、身分証がなくなっちゃうから、町中でいろいろできないかもだけど。【マダムメアリーの薬店】で雇ってもらって、アリスちゃんと一緒にポーション作りがんばっちゃう？　それとも【ガレットのお店　ローラ】でお手伝いさせてもらって、美味しいお菓子作りでもしようか？」
ねぇね「どっちも楽しそう！」
おにぃ「おチビ……ありがとう！」
　ワタシ達３人が、ヒソヒソとそんなお話をしている時でした。
アイリーン「どうしたの？　騒がしいけど、何か揉め事？」
マスター「いたいた！　探したぜ？　おチビども。ん？　何かあったのか？」
　アイリーンさんとマスターさんが、ほぼ同時に登場なのでした。
イライザ「アイリーン先輩聞いてくださいよ～。この子達、教会からの指名依頼断っちゃって～。今、助祭様が激怒して帰っちゃったところなんですよ～」
アイリーン「教会からの指名依頼？　『シュッセ』の３人に？」
イライザ「そうなんですよ～。なんでもご領主様お気に入りの『黄金色の蜜』を御所望みたいで――」
アイリーン「待ちなさいイライザ。こんな場所で個別案件を軽々しく口にするんじゃありません！　まさかあなた、こんな耳目の多い場所で、その指名依頼の話をしていた訳じゃないわよね？」
イライザ「え？　してましたよ？　ちょうどこの子達が目に入ったんで。スラム出身の子供相手に、わざわざ個室用意するのもアレですしね～。あ～どうしよ～。早くこの子達を教会に連れて行って、とにかく謝罪させなくっちゃだわ～。最悪、責任取らせてハンターギルドを辞めさせれば何とかなるかしら～」
アイリーン「イライザ、あなた……」
イライザ「そんなことより、どうしましょう。教会の不興を買ってしまって、ハンターギルドへのポーションの納品に影響が出るかもしれ――」
アイリーン「お黙りなさい！　愚か者！」
マスター「恥を知れ！　バカ女！」
　イライザさんの説明を遮り、アイリーンさんとマスターさんの怒声が、ハンターギルドのフロア全体に響き渡ります。
　どうやらアイリーンさんとマスターさんは、ワタシ達のために怒ってくれているようです。
マスター「最悪だぜ。こんな恥知らずがハンターギルドの職員だなんて……」
アイリーン「まさかこんなたわけ者が同僚だったなんて……」
イライザ「え？　なに？　なんで？」
マスター「ハンターを粗雑に扱うハンターギルドの職員がどこにいるっ！」
イライザ「え？　なんで？　どうしてこんな子供に気を遣う必要が――」
マスター「大人も子供も関係ねぇだろぉが。仕事だろ？　相手を見て対応を変えてんじゃねぇよ、ぼんくらが！」
アイリーン「あなたはどこの組織の人間なの？　ハンターギルドの職員なら、ハンターの利益を最優先にすべきでしょ？」

イライザ「え？　私はハンターギルドのためにと……」
アイリーン「あきれて言葉も出ないわね」
イライザ「じゃ、じゃあ、実際に教会からポーションの納品が滞るようになったら、お2人はどうするつもりなんですか！　こんな子供の1級ハンターより、教会の高貴な方を優先して、ハンターギルドの利益を考える方が、職員として当然じゃないですか！」
　なんだかよく分かりませんが、ワタシ達のことで、言い争いがエスカレートしているみたいです。
　そんな時、聞き覚えのある声が聞こえてきました。
メアリー「なんだいなんだい？『シュッセ』への指名依頼の手続きに来たってのに、これは何の騒ぎだい？」
　それは【マダムメアリーの薬店】のメアリーさんの声でした。
イライザ「『シュッセ』？　この子達に指名依頼？　なんでこんな子供の――」
メアリー「ああ、ちょうど『シュッセ』の3人もいるじゃないか。また、ポーションの作成お願いするよ？　あの後調べたんだがね？　あんた達の作るポーションは、とんでもなく凄い回復量だったよ？　教会なんかが作る魔力が薄〜くてほとんど効果がないポーションなんぞの、それこそ数倍は価値があるモノだったよ」
イライザ「え？　この子達がポーション作り？　教会のポーションの数倍の価値⁉」
マスター「はっはっはっ、そいつはいい。実にいいじゃねぇか！」
アイリーン「イライザ、聞いた通りよ？　教会とこの子達『シュッセ』、どっちを優先すべきなのかしら？」

イライザ「うそ……」

よく分かりませんが、どうやら言い争いは終わったみたいです。

前世の記憶で言うところの、『亀の甲より年の劫』なのでしょうか。

メアリーおばあちゃんは、ハンターギルドに来て早々、一瞬にしてオトナの言い争いを収めてしまったのでした。

ワタシ「なんか、メアリーさんのおかげで、ワタシたち、ハンターギルドを辞めなくてもいいみたいだね？」

おにぃ「そうみたいだな」

ねぇね「うん。よかったね～」

（なにはともあれ、ハンターギルドを辞めなくてよくなったみたいですヽ(、∀、。)ノ　でもねぇねとおにぃが嫌なことは、これからも絶対やらないぞ～！）　(*>、*)

今後も、ねぇねとおにぃを最優先にすることだけは変わらないと心に誓うワタシ。

ねぇねとおにぃのためならば、誰になにをされようが、なにを言われようが、絶対折れない、絶対泣かないおチビちゃんなのでした。

◆◇◆◇◆

彼は難民の子だった。

彼と彼の両親は、敵対国である隣国からの難民だった。

難民としてこの町に移り住んだ彼ら家族にとって、この町の人々の目はとても冷ややかだった。

そんな彼ら家族にとっての心のよりどころは、家族の絆と神の存在のみだった。

彼の父はその境遇故、周りからの信頼を勝ち取るため、日々必死になって働いた。

その甲斐あって、この国に来てから5年も経過するころには、周りからひとかどの人物だと言われるようになり、財産も蓄えることが出来た。

篤《あつ》い信仰心のあった彼の父は、この町の教会に多額の寄付をした。

教会は彼の父とその家族を厚遇した。

彼は家族とともに足繁く教会に通い、神父様からもたらされる神に関するいろいろな寓話に耳を傾けた。

特に御使い様に関する伝承には心惹かれ、長い銀色の髪をなびかせながら、大きな銀色の瞳で全てを見通す、その人物に憧れを抱いた。

そんなある日のこと、この町をはやり病が襲った。

彼の家族はその影響をもろに受けてしまい、両親は他界した。

彼が12歳の時だった。

急にひとりぼっちになってしまった彼には、悲しみに暮れる余裕さえなかった。

まずは両親の亡骸《なきがら》を埋葬し両親の魂を神の御許まで送り届けてもらおうと、両親とともに日ごろから通い詰めていた教会へと出向いた。

そして、現実を突きつけられた。

「何だ、難民の小僧か。まだ生きてたのか。金だけは持ってたから愛想よくしてやってたが、父親が死んだんじゃ、それももうおしまいだな。ここはお前らのような薄汚いよそ者が来ていい場所じゃない。とっとと失せろ！」

いつもニコニコと愛想よく、神様のお話をしてくれていた神父様に、有無を言わさぬ勢いでまくし立てられた。

心の支えだった両親との絆、そして信仰心。

他に頼る者もいない他国の町でたったひとりになってしまった彼は、瞬く間にそれら全てを失った。

彼は教会を恨んだ。

そして、教会での偽りの日々を忘れようとした。

でも、それでも、どうしても、両親とともに聞いた思い出のお話、御使い様に関する伝承だけは、忘れ去ることが出来なかった。

◆◇◆◇◆

女性「いいかい？　神様はいつも私達を見ていてくださるんだよ？　だからこうして、今日も食べ物を口にすることが出来るんだよ？　神様にも、そしてこの黒パンをくれた人にも、感謝の気持ちを忘れてはいけないよ？」

女の子「うん」

スラムの一角で、あばら家の片隅で、弱々しく臥《ふ》せった女性が、愛娘に語りかけています。

女性「お前に残してやれるのは、この指輪だけになってしまったね。この指輪は、御使い様のものだといわれているんだよ。だから誰にも分からないように隠しておくんだよ？」
女の子「ひっく、うん」
女性「神様は見ていてくださる。決して神様に見られて恥ずかしいことをしてはいけないよ？　情けを忘れず、いつも朗らかに、精一杯生きるんだよ？」
女の子「ぐすっ、うん」
女性「いいかい？　神様は、いつかきっと手を差し伸べてくださる。今は苦しくても、辛くても、その時まで待つんだよ？　御使い様が現れる、その時までの辛抱だからね？　銀色の髪に銀色の瞳。伝説の御使い様が現れる、その時まで……」
女の子「……ぐすっ、ヴん」

　その夜、スラムの一角で、ひとりの女性が神の御許へ召されました。
大好きな母の最期の言葉をその小さな胸に刻んだ、ひとりの女の子を残して。

◆◇◆◇◆

マスター「さっきはすまねぇ。もっと早く気がつくべきだった」
アイリーン「遅くなって本当にごめんなさい」
　ここはいつもの会議室。
ワタシ達３人が教会からの指名依頼を断ったことによって発生したひと騒動。

それがようやく落ち着いたところで、今度は会議という名のお詫び会が急遽開かれてしまいました。

前にも会ったことがあるハンターギルドのお偉いさん達に取り囲まれて、平謝りされているワタシ達3人です。

支部長《ローガン》「『シュッセ』の3人、相済まなかった。この通りだ」

そう言って頭を下げたのは、この中で一番偉い、ハンターギルドの支部長さんです。

支部長《ローガン》「職員からの報告で、状況はおおよそ把握しておる。ハンターギルドの職員がお主ら3人の意向を無視し、おのが都合を押し付けてしまった。あまつさえ、ギルド脱退まで強《し》いようとしたことは、こちらの重大な過失だ。後ろ盾になると約束していたにもかかわらず、この仕打ち。本当に申し訳ないことをした」

支部長さんの動きに合わせて、全員でワタシ達に頭を下げる、ハンターギルドの幹部の皆さん。

なんだかいたたまれなくなってしまいます。

おにぃ「だ、大丈夫です。オレ達は平気です」

ねぇね「そうです。大丈夫です。ね？　おチビちゃん」

ワタシ「うん。ハンターギルドを辞めなくていいなら、ぜんぜんへーき！」

ハンターギルドは、ワタシ達3人がようやく手に入れた、それなりに居心地の良い居場所です。

身分証のこともありますし、全てなかったことにするには、あまりにも勿体ないモノです。

そこを辞めなくて済むのであれば、教会のお偉いさんに睨まれようが、ワタシ達にはどうでもいいことなのです。

支部長《ローガン》「そう言ってもらえるのはありがたい。だがこのままお主らに何も償いなしともいかんじゃろうて。もちろん原因を作ったあの職員には処罰を下し、お主らと金輪際関わらせることはせぬ。他になにか、ハンターギルドに、してほしいことや、要望はないかの？　出来る限りのことはさせてもらうつもりじゃ」

　一番偉い人にそこまで言ってもらえると、逆にちょっと委縮してしまいます。

　すると、ねぇねとおにぃが要望を口にしました。

ねぇね「わ、私は、さっきのあの人、神様のお名前を勝手に使っている人と、二度と会いたくありません！」

おにぃ「オレもです！　というより、教会のやつらと、顔を合わせたくない！　です」

　思いのほか強い口調の２人に驚いてしまいましたが、ねぇねとおにぃが嫌だといっていることは、ワタシも嫌です。

　だから、ワタシの要望もねぇねとおにぃと一緒です。

ワタシ「ワタシ、ワタシ、今後『一切』、ワタシたち３人が教会と関わり合いにならないようにしてほしいです。それでいいよね？　ねぇね？　おにぃ？」

おにぃ「もちろん！　おチビ、ありがとう！」

ねぇね「うん。教会に行かなくても、神様はどこでも見ていらっしゃるもの」

副支部長《イーサン》「しかし、それについては大丈夫だと思いますよ？　異端者認定などと口走っているくらいですし、教会側から接触してくることは恐らくないと思います」

ワタシ「いいえ、違うんです。ワタシは『一切』関わり合いになりたくないんです」

アイリーン「ふふん？　りょーかいよ！　それはあなた達の納品物も含まれるってことでいいのよねっ？」
ワタシ「はいです！」
　さすが、仕事が出来るプロの受付さん。
　ワタシの意図を完璧に理解してくれます。
副支部長《イーサン》「でも申し訳ありませんが、ハンターギルド自体が組織として教会との関係を完全に断つことは出来ません。そこはご理解ください」
ワタシ「そこは平気です。あくまで、ワタシたち3人と教会だけのお話ですので」
　これでお話は終わりかな？　と思ったら、マスターさんから質問が飛んできました。
マスター「それで、異端者認定の方はどうするんだ？」
ハンナ「異端者認定なんてされちまったら、買い物とか、生活に支障をきたすかもしれないよ？」
　これについては大丈夫です。
　スラムにいたワタシ達は、今まで町の人にまともに相手してもらえませんでした。
　つまり、異端者認定されようが、何も変わらないのです。
おにぃ「あの、それは今までと変わらないので平気です」
ねぇね「もともと、町のお店のほとんどで、まともに相手してもらえませんでしたし」
マスター「そ、それにしたってよ……」
おにぃ「教会が何を言おうと、オレは気にしません」
ねぇね「また優しいお店を探していけばいいことですし、きっと大丈夫です」

その時、ふと、ひらめいちゃいました。

ワタシ「あっ！　そうだ！　どうせなら、異端者とか言ってモノを売ってくれないお店、そんないじわるするお店に、おなじことを味わってもらいましょ～！」

マスター「どういうことだ？」

ワタシ「さっきの教会と同じで、そんなお店はワタシたち、『一切』関わり合いになりたくないで～す！」

アイリーン「教会の言いなりになっているお店には、『シュッセ』関連の商品は渡さないってことね？」

ハンナ「それなら私にお任せだよ？　そういった情報は購買部が把握しているからね？」

マスター「つまり、教会派と全面対決か！」

副支部長《イーサン》「そうなると、ハンターギルドが国王派であると捉えられかねませんが？」

ハンナ「いちハンターの扱う商品の売り先ごときで、ハンターギルド自体が判断されるってのかい？」

副支部長《イーサン》「ですが、『シュッセ』が提供する物品の影響力、今後どうなることか分かりませんよ？」

アイリーン「確かに、この後のお願いも含めると、多大な影響力になる可能性は十分にあるでしょうね」

マスター「ハンターギルドは国を跨いだ中立組織だ。そこは何とでも言い訳出来るだろ？」

　ハンターギルドの幹部さん達が、喧々諤々のお話し合いを始めてしまいました。

（なんだか派閥争いみたいなのが出てきちゃいましたよ？　やっぱりどこにもそういうのあるんだ

ね〜）

　そんなことを思っていると、支部長さんがまとめてくれました。

支部長《ローガン》「うむ、相分かった。『シュッセ』の3人がたとえ教会から異端者認定されようが、ハンターギルドは庇護すると約束する。そして今後一切、教会及び教会派に属する者達に、『シュッセ』と『シュッセ』が扱うモノを関わらせないと誓おう」

「「「ありがとうございます」」」

　なんだか途中、よく分からない派閥争いみたいなお話も出てきましたが、結果として、おにぃが嫌いな教会とそのお仲間さん達と離れられることになりました。

　良かった良かった。　(o^-^o)

（派閥争いといえば、ワタシ、ご飯派なんだ〜。でも、ギルドの食堂でマスターさんが出してくれるお夕飯、パンしか見たことがないんだよね〜。今度お米探してみようかな〜。それとも【想像創造】でワタシがお米を普及させちゃおっかな〜。お米を食べてもらえれば、きっとご飯派は増えると思うんだよね〜）　(*´∀`*)

　オトナの皆さんが真剣に議論している中、ひとりだけ違う派閥争いを画策するおチビちゃんなのでした。

◆◇◆◇◆

マスター「話がひと区切りついたところで、今日予定されていた『シュッセ』の納品の話に移っていいか？」

　謝罪会議の結論がまとまったところで、マスターさんからご提案です。

ワタシ「はい。いいですよ？　ここに出しますか～？」

マスター「いやまず、納品数を増やす話と、更に追加で納品してもらいてぇモノがあるんで、その相談をさせてくれ」

ワタシ「わかりました」

　ワタシのスキル【想像創造】のレベルが5に上がったので、たぶん50万円以下までのモノを創り出せるようになっているはずです。

　それを考慮して暗算すると、凄い数納品出来ちゃいそうです。

【本格熟成ビーフジャーキー　30ｇ　１２０個セット　粒胡椒　和風ダレにんにく風味　９９８００円】×5　４９９０００円（合計６００個）

【給食用小袋ジャム　業務用セット　いちごジャム　オレンジマーマレード　ブルーベリージャム　りんごジャム　チョコレートスプレッド　ピーナッツクリーム　つぶあん　はちみつ　メープルゼリー　レーズンクリーム　15ｇ×１２００袋　３２４０００円】×15　４８６００００円（合計１８０００袋）

　ちょっと多過ぎかな？　と思ったのですが、どんどんウェルカムみたいです。

マスター「いやいや、多けりゃ多い程ありがてぇ。干し肉と小袋の蜜は、売り出しと同時に即品切れ状態だったからな～。納品の量が増える分には大歓迎だぜ」

ハンナ「それに先日大量に納品してくれた、あの【ホケミ】とかいう上質な小麦の調理粉、アレは凄いねぇ～。分量さえ間違わなければ、誰でも簡単に甘い焼き物を作れるんだから。下手すると、お菓子を生業にしているお店の大半が失業しちまうんじゃないかね？　聞くところによると、既にこの【ホケミ】を提供禁止にしている店があるんだって？　その店、大変なことになるだろうね。それに今回の、教会派のお店への提供禁止もあるじゃない？　わたしゃ前から金持ち優遇の教会が嫌いでね？　あ～、なんだか面白いことになりそうな予感がするよ！」

マスター「買取単価は前回と同じで、干し肉は1袋30リル。小袋入りの蜜は1袋15リルだ」

ハンナ「先日納品してくれた【ホケミ】は、1袋10リルで、今後もそれでお願いよ」

　ということみたいです。

　全部納品することになりましたので、【ビーフジャーキー】で１８０００リル、【小袋ジャム】で２７０００リル。

　更に、先日【ガレットのお店　ローラ】のローラおねえちゃんと一緒に来た時の１０８６個の【ホケミ】さんの代金１０８６０リルも加えてもらいました。

　合計でなんと２９８８６０リル。１リル１２０～１４０円換算で、３５８６３２００～４１８４０４００円ぐらいでしょうか。

　凄い大金です。もう、お金に困ることはないでしょう。

（でもこんなにお金をもらっても、使うことがないんだよね～）

ハンターギルドの食堂でお夕飯を食べるぐらいしかお金の使い道を思いつかないワタシ達３人。

お金は貯まる一方です。

　そして今度は、アイリーンさんからお話があるみたいです。

アイリーン「ここからは、相談なんだけどね？　おチビちゃんが【マダムメアリーの薬店】に置いていったモノの中で、是非とも納品してほしいものがあるの。あの、上質な紙を束ねたノート。それと大きさも形も寸分たがわずキレイに統一された鉛筆。それらを是非とも納品してくれないかしら」

　さすがアイリーンさん、キッチリ現地調査をしたみたいです。

実はワタシも気に入っていた、クマさんとネコちゃんのキャラもの文具セット。

ご要望とあらば、即納品しちゃいましょう！

アイリーン「それで、デザインなんだけど、もう少しこう、落ち着いた感じの——」

ワタシ「わかりました！　ばば～んと出しちゃいますね！」

　アイリーンさんはまだ何か言っているみたいでしたが、ワタシはとにかく嬉しかったので、すぐさま【想像創造】です。

【文房具セット　小学生女の子用（クマとネコのキャラ絵付き）道具箱、筆箱、下敷き、Ａ４自由ノート、２Ｂ鉛筆10本、色鉛筆12色、鉛筆削り器、消しゴム、ネームペン、物差し、のり、セロテープ、はさみ　７８８０円】×63　４９６４４０円

ねぇね「わっ、これって、アリスちゃんにあげたのと同じ？」

ワタシ「そうなの！　かわいいでしょ？　この絵！」

ねぇね「クマさんとネコちゃん！　かわいい～」

ワタシ「これ、１つは納品しないでワタシたちのお家に持って帰ろうか？」

ねぇね「いいね！」

ねぇねとそんなお話をしていると、アイリーンさんの沈んだ声が聞こえてきました。
アイリーン「あっ！　あのまま創っちゃった……デザインを大人向けにしてほしかったんだけど……」
ハンナ「あっはっはっは、いいじゃないか、可愛らしくて」
アイリーン「でも大人が使うとなるとちょっと……」
マスター「さすがにオレ達が使うには、ちっとばっかし可愛げがあり過ぎってもんだな」
副支部長《イーサン》「私は使っても構わないと思いますが」
支部長《ローガン》「ワシも使わせてもらおうかの」
「「「え？」」」
まん丸メガネがキリリと輝くインテリ系な副支部長さん。
白いお髭がオシャレでいなせな支部長さん。
ハンターギルドの偉い人ツートップは、意外とファンシーなご趣味をお持ちみたいなのでした。
（ワタシと趣味がいっしょ？　もしかして気が合うかも？）　（*°▽°*）

◆◇◆◇◆

副支部長《イーサン》「冗談はこの辺にして、本題に移りましょう」
マスター「な、何だよ冗談かよ、ちっとビビっちまったじゃねぇか」
アイリーン「あ～びっくりした」

支部長《ローガン》「ワシは本気じゃったが……」
「「え？」」
　これでお話は終わりかな？　と思っていたのですが、どうやら本番はこれからみたいです。
副支部長《イーサン》「実は、先日領主館に乗り付けた荷車と、それを引いた大きな三輪車。これがかなり噂になってましてね」
ワタシ「噂ですか？」
副支部長《イーサン》「ええ。馬を使わなくてもいい輸送手段として、各方面から問い合わせが来ています」
マスター「まあ実際問題、馬を飼うのは結構大変なんだ。厩舎が必要だし、世話も大変。更には毎日の餌代もバカにならねぇ」
副支部長《イーサン》「そんな馬を使わずに、気軽に荷物を輸送出来るとあっては、注目されて当然でしょう。さすがに大荷物や、長距離の輸送となると話は別ですが、町中だけならアレで十分用が足りるんです」
マスター「オレは実際にあの三輪車に乗って漕いだ訳だが、あのギアとか言ったか？　変速出来る仕組みで、多少の重いモノでもなんとかなるしな。わざわざ馬を使わずに済むとあっちゃあ、みんな飛びつくだろうぜ。三輪車だけじゃなく、荷車だってかなりの価値だ。金属で出来た丈夫な車体、車輪の工夫で振動が少ない、車軸の仕組みで滑らかな回転、しかも折り畳んでしまっておける、そんな荷車他にないしな」
副支部長《イーサン》「ということで、あの銀色の荷車と、人が漕いで走る三輪車、これらを納品していただけませんでしょうか」

ワタシ「いいですよ？　でもどれくらいあればいいんですか？」
副支部長《イーサン》「逆に、どれくらい用意可能ですか？」
ワタシ「うんと、ちょっと待ってくださいね？」
（えっと〜、確かお値段は〜）
【アルミ製折り畳みリアカー　ノーパンクタイヤ仕様　全長２４０×全幅１１６×全高81㎝　質量40㎏　耐荷重３５０㎏　８９８００円】
【オトナの三輪車　マウンテントライク24インチ　７スピードギア　リアショッピングバスケット付き　シルバー　４３９００円】
　すかさずそろばん４級の能力を遺憾なく発揮するワタシ。
ワタシ「たぶん、【リアカー】は1日に5台。マスターが乗った大きい【三輪車】は１日に11台は納品出来ると思います」
副支部長《イーサン》「それは、今日この後でも？」
　今日は既に【ジョシュア雑貨店納品セット】【ビーフジャーキー】【小袋ジャム】、そして【文具セット】を【想像創造】してしまったワタシ。
　残り1回しか【想像創造】出来ないので、【リアカー】と【三輪車】両方同時は無理です。
ワタシ「えっと、今日は無理ですけど、明日以降なら」
副支部長《イーサン》「分かりました。出来る範囲の数で構いませんので、明日からお願いしていいですか？実は領主館からも問い合わせがありまして。町を見回る衛士に使わせたり、少人数の移動や荷物輸送に使ってみたいのだそうです。なんでも、ご領主様のお嬢様、ベアトリス様のご意見らしいですよ？」

　どうやら、言い出しっぺはビーちゃん様のようです。

（ビーちゃん様、昨日あげた三輪自転車、気に入ってくれたのかな？　もうすでに、町中を乗り回してたりするのかな？　もしそうなら、ビーちゃん様の護衛のひと、徒歩で追いかけるの大変だろうな～）

　そんなことを思っていると、対価のお話になりました。

副支部長《イーサン》「それで対価のお支払いの方なんですが、ちょっと時間をいただけませんか？　正直、どれほど価値があるモノなのか、正確にはかれていないのです」

　お金は正直、持っていても使うことがないので、もうどうでもいい気がします。

　ということなので、ここはひとつ、お願いごとをしておきましょう。

ワタシ「あの、リアカーと三輪車は大きいしかさばるから、納品はハンターギルドの裏庭の広場に置いておくだけでいいですか？　それと、対価なんですけど、ワタシたちに裏庭の広場を貸してほしいんです」

副支部長《イーサン》「納品については、裏庭で構いません。むしろそうしていただけると助かります」

マスター「広場は何に使うんだ？」

ワタシ「ワタシたちも、広いところで自転車に乗りたいな～って。ね？　ねぇね？　おにぃ？」

おにぃ「おお！　なんかそれ、楽しそうだな！」

ねぇね「私もビーちゃん様みたいに、三輪車乗ってみたい、かも」

ワタシ「でしょでしょ？　きっと楽しいよ？　ということで、ワタシたちに裏庭の広場を使わせてください」

支部長《ローガン》「いいともいいとも。荷車と三輪車の正式な対価が決まるまで、裏庭の広場の使用権を仮の対価としようではないか」

「「「ありがとうございます」」」

こうしてワタシ達は、400メートルリレーが出来そうな学校の校庭ぐらいの広さがある裏庭の広場を借りることが出来たのでした。

（広々とした場所ゲットです！　またいろいろ遊んじゃいましょう！）　ヽ(＞◇＜)ノ

◆◇◆◇◆

先程から荷物の輸送についてのお話が続いていたので、ここで、前世の記憶的にも気になっていたことを聞いてみます。

ワタシ「あの、ここでは、手紙とか小包とかの配達とか、郵便って、どうなってるんですか？」

副支部長《イーサン》「ん？　『ユービン』ですか？」

マスター「『ユービン』？　聞かねぇ名だが、なんだそりゃ？」

このリアクションから察するに、この辺りには郵便制度はないようです。

前世で年賀状配達のアルバイトをしていた記憶があるワタシ的には、ちょっと残念。

（年賀状配達のバイト、好きだったんだよね～。たしか3年連続でやったんだよね～。それはそうと、ここのひとたち、また『郵便』のアクセントが変だね～。『出世』が『シュッセ』になったと

きみたいに、『ユービン』のアクセントが前よりで外国語みたいだよ〜）
　ひとりそんなことを考えていたら、アイリーンさんがお話を広げてくれました。
アイリーン「手紙とか小包とかって言ってるくらいなんだから、それらを運ぶことなのかしら？」
　さすが出来る女性アイリーンさん。察しがいいです。
ワタシ「そうで〜す。郵便は、手紙や荷物を大きさや重さごとに決まった金額でどこにでもお届けしてくれるお仕事で〜す」
アイリーン「そういった、料金が決まっている配達専門の仕事は、この国にはないわね」
　さすがに年賀状を出す習慣までは期待していませんでしたが、どうやらこの国には郵便やそれに似た配達の仕組みすらないみたいです。
ワタシ「へぇー、それじゃあ、手紙とかそういうモノって、配達はどうしてるんですか？」
アイリーン「ハンターギルドでも依頼として請け負うことはあるわね。手紙の配達なんて、なりたて1級ハンターの最初のお仕事の定番みたいなものだしね」
ワタシ「それじゃあ、手紙を届けてほしい人は、ギルドに依頼をかけて、請け負ってくれるひとが来るまで待ってるんですか？」
アイリーン「そうなるわね」
ワタシ「急いでいるときはどうするんですか？」
アイリーン「依頼料を上乗せしたり、とにかくハンターの目に留まるようにするぐらいしか出来ないわね」
ワタシ「え〜、なんだかとっても効率悪いというか、それ、運任せですよね〜。運よく依頼を受けてくれるひとがいればいいですけど、そうじゃなかったら、ずっと待ってるんですよね～？」
アイリーン「運任せ、確かにそういう側面もあるかもね」
（え～！　アンビリバボ～！）　（゜ロ゜;)!!
　前世で郵便や宅配の便利さが身に染みているワタシ的には、あり得ない状況です。
副支部長《イーサン》「おチビちゃんが言う、その『ユービン』ですか？　それならそうはならないと？」
ワタシ「そうで～す。大きさや重さで料金を統一しておいて、配達するモノは常に受け付けちゃいま～す。そして、配達専門の人にすぐ配達してもらいま～す」
アイリーン「頼む方は、いちいち依頼をかけてその依頼を受けてもらえるまで待つ必要がないから、ありがたいわね」
マスター「配達専門のやつらは、配達の仕事が来るまでずっと待ってるのか？」
ワタシ「配達してほしいひとのお家とかお店に行って、お荷物を受け取りに行ったりもしま～す。三輪自転車をそういったお仕事に使ってもらえれば、便利かな～って思いました～！」
　前世の郵便を懐かしく思うワタシは、さりげなく郵便制度の良さをプッシュしておきます。
アイリーン「配達を依頼する側からすれば、時間の短縮にもなるでしょうし、かなり喜ばれるでしょうね。料金が統一されているというのも、分かりやすくていいわ。今までのように依頼という形式だと、どうしてもお金持ち優先みたいになっちゃうしね。その『ユービン』の方法なら、不公平感もなくなるんじゃない？」
マスター「配達を請け負う側だって、町中の配達専門の仕事なら危険も少ないだろうし、やりたがるやつは結構いるんじゃないか？」

副支部長《イーサン》「町中限定の、手紙や小包の常時配達業務ですか、一考の価値はありますね……あとは三輪自転車の数と、人員の確保、まあ、ある程度の初期資金があれば何とかなりますか……」

　副支部長さんの丸い銀縁メガネがピカリと一瞬輝いた気がします。

（およ？　郵便屋さんに興味を持ってもらえたのかな？　三輪自転車を使ってもらうなら、便利にみんなの役に立つ使い方をしてほしいもんね～。あっそうだ！　ついでにワタシが持て余していたアレも……）

　ということで、思いついたことを提案してみることにします。

ワタシ「あの、もし、ハンターギルドで郵便屋さんをやってくれるのなら、ワタシがハンターギルドに預入しているお金、使ってくださいな？」

◆◇◆◇◆

ワタシ「ワタシがハンターギルドに預入しているお金、使う予定がないので、もし郵便屋さんに必要なら、ばば～んと使っちゃってくださ～い！」

　スキル【想像創造】で創り出したモノを納品することで、貯まる一方のワタシのお金。

　こういう『あぶく銭』的なモノは必要な人に有効に使ってもらった方がいいと思ったワタシ。

　スラム出身でお金の使い方に疎いおチビというのもありますが、前世の記憶から、常日頃『悪銭身に付かず』という発想が頭の中を占めていて、どうにかしたいと思っていたのです。

（スキルで出したモノを納品するだけで、何千万円ものお金をもらっちゃうのって、良心の呵責《かしゃく》というか、申し訳ないというか、なんだかズルしてるみたいで、気分が良くなかったんだよね～）

　そんなこんなで、今がチャンスとばかりにお金を使ってもらおうと考えていると、オトナの人達からリアクションがありました。

マスター「おいおい、せっかく貯めた金だろ？　大切にしとけって」

アイリーン「そうよ？　今後のこととかも考えれば、お金は大切よ？」

ワタシ「いいえ、いいんです。食べていく分のお金はもう十分にあるのでっす！　だから余分なお金は使っちゃってくだっさい！」

　胸を張り、小鼻を膨らませ、ワタシは『ムフン』と決意の固さをアピールします。

副支部長《イーサン》「その申し出は、とてもありがたいのですが、本当によろしいのですか？」

ワタシ「はい。郵便屋さんをやってくれるのなら、それに有効活用してほしいで～す」

　ワタシがそうお返事した時でした。

おにぃ「だったら、オレの分のお金も使ってください！」

ねぇね「私のも！　おチビちゃんが稼いでくれたお金だから、おチビちゃんが使いたいということに使ってほしいです！」

　ねぇねとおにぃが自分のお金も使ってほしいと言い出しました。

ワタシ「え？　ダメだよ？　ねぇねとおにぃのお金は、ねぇねとおにぃが必要な時のために取っておかなきゃだよ？」

ねぇね「それはおチビちゃんだって一緒でしょ？」

おにぃ「オレはおチビの稼いだお金はおチビのために使うべきだと思う。そもそもオレ達、もうそんなにお金いらないだろ？」

ねぇね「そうよ。おチビちゃんのおかげでもうちゃんと食べていけてるし、ちゃんとした住む場所もあるのよ？　もう十分よ？」

おにぃ「必要以上にお金を持っていても、結局そんなの、なんの意味なんてないんだ……」

　どうやらねぇねとおにぃもワタシと同じで、お金にあまり頓着しないタイプみたいです。

（ねぇねとおにぃは苦労してきただろうから、将来幸せになってもらうために、お金を貯めておいてほしいんだけどな～）

　そう思っていたら、ねぇねとおにぃが更にお話を続けます。

ねぇね「あの、その代わりなんですけど、配達する人として、スラムの人を雇ってくれませんか？」

副支部長《イーサン》「スラムの住人をですか？」

おにぃ「そうです！　オレ達みたいな、スラムから抜け出したくても出来ないヤツに、少しでもチャンスをあげてほしいです。もちろん、誰でもという訳じゃなくて、真面目にやる気があって、助けを必要としているヤツだけでいいんです」

ねぇね「私達は、たまたまおチビちゃんに助けてもらえましたけど、他の人は難しいと思うんです。だから本当に困っている人を、少しでも、お願いします」

おにぃ「お願いします」

　さすがワタシの大好きなねぇねとおにぃです。

ねぇねとおにぃには、お金を出す、ちゃんとした理由があったのです。

ワタシはただ単に、なにもしていないのにお金を貰っちゃって、なんだかズルしているみたいで嫌だったから、という理由でお金を使ってもらおうと思ったのですが、ねぇねとおにぃはその点次元が違います。

ちゃんといろいろ考えていて、しかもそれが自分のためじゃなくて。

本当にこの2人と一緒にいられて、幸せだと、誇らしいと思え、自然とお顔がにやけてしまいます。

（ねぇね、おにぃ、かっこい〜）　☆ヽ(*゜▽゜*)ノ☆

ひとり感動に打ちひしがれていると、またもや支部長さんがお話をまとめてくれるようです。

支部長《ローガン》「なるほどの。『シュッセ』の意向はよく分かった。まずは『ユービン』事業の立ち上げに向け、いろいろと試算してみようではないか。のう？　皆の衆」

副支部長《イーサン》「分かりました。前向きな検討事案として、最優先で処理させていただきます」

支部長《ローガン》「うむ。それと『シュッセ』からの資金提供の申し出だが、これは、『ユービン』事業への投資ということでどうじゃな？」

ワタシ「投資ですか？」

支部長《ローガン》「そうじゃ。無償で貰い受けるのではなく、あくまで投資とするのじゃ。我々にもメンツというものがあっての。所属するハンターから無償で資金を得たとあっては、ハンターギルドとしても外聞が悪いし、他から変な勘繰りをされかねんからのう」

副支部長《イーサン》「そうですね。投資としていただいた方が、こちらとしても堂々と動けます」

支部長《ローガン》「もちろん、投資主ともなれば、その要望は最大限尊重されることになろうぞ？　先程の話、従業員の優先雇用ことについてものう」

おにぃ「それなら、それで、お願いします」

ねぇね「よろしく願います」

　ねぇねとおにぃは納得のスマイルです。

　ならば、ワタシのお返事も決まっています。

ワタシ「ワタシの大切なねぇねとおにぃのお願いなので、そうしちゃってください！」

　ということで、あれよあれよという間に、リアカーと三輪自転車での物流のお話から、どさくさ紛れにハンターギルドに郵便事業設立をお願いしちゃったのでした。

◆◇◆◇◆

　その後アイリーンさんに、クマさんとネコちゃんの【文房具セット】のお値段を決めてもらったり、【ジョシュア雑貨店】の納品完了報告を処理してもらったり、【マダムメアリーの薬店】からの指名依頼の受理手続きをしてもらったりして、ようやく解放されたワタシ達３人。

　まだ午前中なのに、今日はもう、かなりクタクタです。

　時刻はお昼ちょっと前ぐらい。

　いつもよりちょっとだけ早いですが、私達のお家、ねぐらの軽パコのリアハッチを開け放ち、日課のお昼寝に突入しちゃうワタシなのでした。

……

ぱよぉ～ん

ぴよぉ～ん

ぷよぉ～ん

ぺよぉ～ん

ぽよぉ～ん

アリス「きゃっは～！　飛んでるみた～い！　た～のし～い！」

どうやらワタシのお昼寝タイム中に来客があったようです。

そう、ワタシ達の初めてのおともだち、お隣のアリスちゃん登場です。

只今トランポリンの中央付近で、こちらに向かって満面の笑みをふりまいています。

今日も何かを吹っ切るような、見た目とのギャップが凄い、憂さ晴らし真っ最中のアリスちゃん。

そのアリスちゃんのはっちゃけた歓声を目覚まし代わりに、お昼寝から起きたワタシなのでした。

お昼寝をしてワタシの充電は満タン。

元気もりもり、お遊びする気満々です。

（今日の午後はみんなとアレで遊ぶんだ～）　o(> <)o

午前中にハンターギルドの裏庭の広場を借りることが出来たワタシ達。

そこを有効活用して、楽しく遊んじゃいましょう。

ワタシ「みんな～、今から広場に行って遊～びましょ～？」

おにぃ「お？　早速借りた広場で遊ぶのか？」

ねぇね「楽しみだね〜」

今日は午前中に【ジョシュア雑貨店納品セット】【ビーフジャーキー】【小袋ジャム】、そして【文具セット】を【想像創造】しているワタシ。

なのであと1回、【想像創造】出来ます。

ということで、早速みんなで広場に移動して、例のモノを創り出しちゃいましょう。

【折りたたみ式三輪自転車　前輪20インチ・後輪18インチ　大容量前後カゴ付　３段ギア　耐荷重２００kg　シルバー　４９８００円】×３　１４９４００円

おにぃ「お！　ちょっとちっちゃい三輪車だ！」

ねぇね「ビーちゃん様のと同じだね！」

アリス「３台あるよ？」

これはビーちゃん様にあげたのと同じモノ。

子供でもギリギリ乗れる大きさの三輪自転車です。

数は3台。ねぇねとおにぃ、そしてアリスちゃんにもご用意です。

ちなみにワタシ用の三輪車は用意しません。

ワタシはみんなの後ろ、三輪車の大きなカゴに乗せてもらう気満々なのです。

そんな他力本願真っただ中なワタシの目の前に、またもや急にワタシのステータス画面が出てきました。

名前：アミ
種族：人族
性別：女
年齢：５歳
状態：発育不良　痩せすぎ
魔法：【なし】
スキル：【想像創造】レベル６（６回／日）

今回も、スキルのレベルアップをお知らせしてくれたみたいです。

（やった！　【想像創造】がレベル６になって、1日６回使えるようになってる！）

今日はもう５回【想像創造】したので、あと1回、なにかを創り出せることになります。

（状態は前と変わらず【発育不良　痩せすぎ】のままか〜。もっと栄養のあるモノをたくさん食べないとダメなんだろうね〜。お夕飯はギルドの食堂でちゃんとしてるから、あとは朝食をどうにかするしかないのかな〜）

そんなことを考えつつ、もう1回増えた【想像創造】で、更に欲しいモノを創り出しちゃいます。

【軽量折りたたみ自転車　20インチ　リアサスペンション　６段変速ギア　前カゴ　リアロックキー　シルバー　２０５２０円】×３　６１５６０円

これは二輪の普通の自転車。

　誰でもすぐに乗れるとは言えないけれど、乗れるようになると三輪車以上に軽快に走れる二輪の自転車です。
おにぃ「お？　なんだ？　また車輪のついたヤツが出てきたぞ？」
ねぇね「今度は車輪が２つだよ？」
アリス「これ、乗れるの？　倒れちゃいそうだよ？」
ワタシ「これは二輪の自転車で〜す。乗れるようになるまでちょっと大変だけど、慣れると三輪車よりずっと速く走れま〜す！」
おにぃ「そうなのか？　だったら、オレ、こっちにする！」
アリス「私も私も！」
　男の子のおにぃは、予想通り二輪の自転車に興味を示しました。
そしてここでも、アリスちゃんが意外な程のアグレッシブさを披露して、二輪自転車に挑戦です。
ワタシ「たぶん乗れるようになるまで、何度か転ぶと思うけど、けがをしないようにね？」
ねぇね「え？　それ転ぶの？　だったら私は三輪車にする」
　ねぇねは安全第一みたいです。
ということで、みんな自分の乗りたい自転車に分かれて早速試乗です。
おにぃとアリスちゃんは、まずは共同戦線を張るみたいで、最初はアリスちゃんが二輪の自転車に跨がって、おにぃがそれを後ろから支えて、アリスちゃんを補助しています。
アリス「ま、まだ手を離さないでね〜」
おにぃ「大丈夫大丈夫〜」

そんな２人の自転車練習風景を横目に、ワタシはねぇねの漕ぐ三輪車の後ろの大きな荷台に乗っかり、立ち上がって後ろからねぇねの背中にしがみついています。

おチビなワタシは、ねぇねとおにぃとのスキンシップが大好き。

普段から、特に朗《ほが》らかで優しいねぇねには、なにかにつけて隙あらば抱き着いています。

今も三輪車から振り落とされないようにするというオフィシャルな口実があるので、大好きなねぇねにぎゅっと抱き着きます。

ワタシ「ねぇね、三輪自転車どう？　楽しい？」

ねぇね「うん。とっても！　広場で三輪自転車、スイスイ楽ちんで面白いね～。でもおチビちゃん気をつけてね～？　揺れるからカゴから落ちないように、ちゃんと私に掴まってるんだよ～？」

ワタシ「うん！　大丈夫～！」

ねぇねに言われるまでもなく、身を寄せほほ寄せ、必要以上に全身でねぇねにひっつくワタシなのでした。

◆◇◆◇◆

マスター「まったく、だから縁故採用はダメだと言ったんだ！」

おチビちゃん達がハンターギルドの裏庭の広場でキャッキャと自転車遊びに勤しんでいるころ。

今後の対応を話し合うべくハンターギルドの３階にある支部長室に集まったハンターギルドの幹部達。

その表情はみな鎮痛でした。

アイリーン「申し訳ありません、私が席を外していた隙に」

ハンナ「いやいや、あんただけの責任じゃないさ。むしろ、あんたばかりに仕事を押し付けちまってたみたいで申し訳ないよ」

支部長《ローガン》「今回は完全に油断しておったの」

副支部長《イーサン》「まさかこんなに早く、しかも直接的な接触をしてくるとは思ってもいませんでした」

マスター「苦労して苦労して、やっとのことでここまで這い上がってきたあのおチビ達が、危うく私欲にまみれた大人の食い物にされるところだった。意に沿わないのならと、狡猾な大人に、すんでのところで切り捨てられるところだった。オレはあの時のあいつらの顔を、何かを諦めちまったような顔を見て……あいつらにあんな顔をさせちまったことが、もう情けなくて悔しくて……ハンターギルドの後ろ盾が聞いてあきれるぜ」

アイリーン「本当に、そう……」

マスター「それで、今後はどうするつもりなんだ？　前の話じゃ、まだ泳がせとくってことだったが。まさかこの期に及んで、現状維持なんてぬるいこと言うんじゃねぇだろうな？」

支部長《ローガン》「我々が後ろ盾になると公言しておったにもかかわらず、奴らはちょっかいを出してきおったんじゃ。黙って見過ごす訳にはいくまいよ」

副支部長《イーサン》「実行したイライザを含め、王都本部のひも付きは、即刻王都のハンターギルドに返却です」

ハンナ「それだけじゃ不満だね。今後、王都の指示には従わないとはっきり言ってやんなよ！」

副支部長《イーサン》「もちろん、そのつもりです。我々を一地方支部と侮ったこと。そして『シュッセ』に対して行われた非礼は、『シュッセ』の影響力を以て思い知らせてやるとします」
マスター「まさかとは思うが、王都の本部と真っ向やりあうつもりなのか？」
ハンナ「バカなこと言うもんじゃないよ。組織の規模からして太刀打ち出来る訳ないじゃないか」
支部長《ローガン》「正面から勝負してもこちらに勝ち目はない。どうするつもりじゃ？」
副支部長《イーサン》「商業ギルドを巻き込もうかと。まずは、主食や衣類などのそういった必需品ではなく、商業ギルドが苦手としている分野であまり目立たないところを『お手伝い』します」
ハンナ「そう。こちらは商業ギルドが十分に手を回せていない分野を『援助』している、そう思わせるのさ」
マスター「それで干し肉や蜜、そして今度は菓子用の調理粉か」
副支部長《イーサン》「それと更に、馬を使わずに済む手ごろな輸送手段、リアカーと三輪自転車が加わる訳です」
ハンナ「最終的に商業ギルドという巨大な組織をこちらの味方につけて、王都がこちらに口出し出来ないようにしようって訳さ」
支部長《ローガン》「教会におもねるハンターギルド王都本部との対立は、ある意味『シュッセ』の要望に適っておる。先方に気取られぬよう、慎重にの」
副支部長《イーサン》「心得ております」
支部長《ローガン》「それから新しい試み、『ユービン』についても、早急に調整を頼むぞ？　『シュッセ』の後ろ盾になると大見得を切っておいて、今回のこの無様。一度失いかけた彼らの信頼、この『ユービン』事業の成功を以て、必ずや挽回せねばなるまいて。己がためではなく、スラムの者のためにと望む心意気、無下には出来なかろう？」
副支部長《イーサン》「そちらについても万難を排して」
支部長《ローガン》「うむ。皆には今以上の奮闘を期待しよう。特にアイリーンには、直接間接問わず、今後も雑多な業務が多かろう。すまぬが今後も頼んだぞ？」
アイリーン「ええ、大丈夫です。あのおチビちゃん達との交流は、事態が急変したりで大変ですけど、何より楽しいですからね。それに私、かわいい天使ちゃんからステキな贈り物を受け取っちゃいましたしね」
マスター「天使ちゃん？　おチビか？」
副支部長《イーサン》「贈り物ですか？」
アイリーン「そうなの。本人は『山吹色のお菓子』とか言って私に渡してきたんだけど、中身は『琥珀色のソーマ』だったわ」
副支部長《イーサン》「ソーマ？　それって、まさか『神酒』のことですか？」
アイリーン「あの芳醇《ほうじゅん》でフルーティー、何とも甘くかぐわしい香りの中に、されどしっかりとした強い酒精。あの味を知ってしまうと、普段飲んでいたエールが、ただの麦汁のように感じられてしまうわ」
副支部長《イーサン》「そんなにですか？」
マスター「そこまで言われちゃあ、試してみたくなるってもんだ」
ハンナ「それは是非とも味わってみたいもんだね」

支部長《ローガン》「うむ。ワシもご相伴《しょうばん》にあずかりたいものじゃ」
アイリーン「私がかわいい天使ちゃんから貰ったのよ？　あれは私だけのモノ。誰にもあげないわよ？」
「「「え？」」」
副支部長《イーサン》「そ、そんな……」
マスター「そこまであおっておいて、そりゃないぜ」
ハンナ「ちょっとぐらいいいじゃないか」
支部長《ローガン》「一口、一口でいいんじゃ」
アイリーン「皆さんも良い子にしていれば、いつかきっと天使ちゃんがご褒美に、ステキな贈り物をしてくれるかもしれませんわよ？」
支部長《ローガン》「ふふっ、フハハハハハ、はーっはっはっはっはっはっ」
副支部長《イーサン》「ど、どうなさったのです？　支部長」
マスター「なんだなんだ？　酒欲しさに気でも逝っちまったか？」
ハンナ「あんた、それは言い過ぎってもんだよ」
支部長《ローガン》「はっはっは、いやなに、我らも変わったと思うての。幹部が集まって、こんな他愛のない話をしたことなぞ、今まで一度もなかったではないか。それが、どうしてこうして、こんなにも、おかしなことよの……」
マスター「あのおチビ達の影響だな」
アイリーン「あの子達、ホントいい子なの」

ハンナ「ハンターギルドのアイドルだしね」
副支部長《イーサン》「それを今回、危うく失ってしまうところでした……」
支部長《ローガン》「今後は油断は禁物じゃ。心してまいろうぞ」
「「「はい　（おう）」」」

スペシャルエピソード✦出会い

今から2年程前のこと。
ここは、とある町の寂《さび》れたスラムの一角。
ちょっと開《ひら》けたその場所には、たまに行われる炊き出し目当てに、身寄りのない子供達が数名たむろしています。
　その開けた場所から裏通りに抜けるちょっと手前でのこと。
女の子「ねえねえ、あれ見て」
男の子「ん？」
女の子「あれって、捨て子じゃない？」
男の子「そんなの、ここじゃよくあることだろ」
女の子「そうだけど、なんだかとっても小さいよ？」
男の子「……」
女の子「ねえねえ、私、ちょっと見てくる」
男の子「あ、おい……」
　走り出した女の子を追って、男の子もその場所へ向かいます。
建物の階段を椅子代わりにして座り込んでいたその幼児は、目を閉じたり開けたり。
首を前後にコックリコックリ、舟をこぎ始めていました。

女の子「ねえねえ、あなた、大丈夫？」
幼児「……」
　声をかけられた幼児は、無言でその声の主に目を向けます。
女の子「見て見て、この子、すごくカワイイ！　それにこの子の目、神様の目と同じ色してるよ！」
男の子「ふん。オレは神様なんて……嫌いだ」
女の子「この子、ずっとここにいるのかな。このままだと、人さらいとかに連れてかれちゃうかも。それとも、教会に連れてかれるのかな？」
男の子「教会なんかに連れてかれたら、こいつ、なにされるか分からないぞ！」
幼児「……」
　急な大声に驚いた幼児は、またも無言でその声の主に目を向けます。
男の子「っ」
女の子「ねえねえ、この子、一緒に連れて帰ろう？」
男の子「……まあ……オレも、ゴブリンやオーガみたいなオニじゃないからな……お前がどうしてもって言うんなら……しょうがないから連れてってやるよ……教会なんかよりはましだろうし」
女の子「ホント？　ありがと！」
　笑顔を男の子に向けた女の子は、今度は幼児に向かって微笑みかけます。
女の子「ねえねえ、あなた、一緒に来る？　この、オニみたいに怖い子も一緒だよ？」
幼児「……ねぇね……おにぃ……」

幼児が初めて発したその言葉は、女の子の物言いを真似たのか。
その声音は、とても小さくたどたどしいものでした。
男の子「オレはオニじゃねぇってーの！」
女の子「うふふっ。怖い怖〜い。そう思うよね？　おチビちゃん」

スペシャルエピソード2 ✦ 【アミ】という名前

この国において、【アミ】という言葉には2つの意味があります。

ひとつはこの国の古《いにしえ》の言葉で『友人』という意味。

そしてもうひとつは、【イトー・アミ】という、ある女性の名前です。

その女性は、銀色の髪に銀色の瞳を持つ、【神の御使い様】と呼ばれた人物。

こことは違う世界で生まれ育った記憶を持った、いわゆる転生者でした。

この世界の一般的な人とは異なり、全く魔法が使えなかった彼女。

しかし、それを補って余りあるスキルを有していました。

そのスキルの名は【予知夢】。

何の前触れもなく、突如王都の中央教会に現れた彼女は、神のお告げにも似た未来予知をしてみせました。

幾度となく、この国を災害や争いごとから救ってみせた彼女。

そんな彼女を敬い、あるいは畏怖《いふ》したこの国の人々は、【アミ】という名前を特別視しました。

今この国で【アミ】という名を持つ人は、ほとんどいません。

恐れ多くて、自分の子供に【アミ】と名付ける親がいないからです。

そんな中、とある町のハンターギルドに3人の子供が現れました。

肉付きは悪く、明らかに裕福ではないと一目で分かるその子供達は、ギルド加入のために訪れたようです。

３人のうち、ただひとり文字が書ける女の子が、３人全員分の登録申請書を記入します。

自分の申請書の名前欄には【シエル】、男の子の申請書の名前欄には【マルコ】。

そして、一番幼いおチビちゃんの名前欄には、

女の子「おチビちゃんのお名前は【アミ】にしておいたわ。お友達って意味なの」

なにも臆することなく言い放ったその言葉には、強い信念が感じられました。

（だっておチビちゃんは、私達の救世主、神の御使い様だもの）

本書に対するご意見、ご感想をお寄せください。

あて先

〒162-8540 東京都新宿区東五軒町3-28
双葉社　モンスター文庫編集部
「ぱつきんすきー先生」係／「高瀬コウ先生」係
もしくは monster@futabasha.co.jp まで

Mノベルス

異《い》世《せ》界《かい》のおチビちゃんは今日《きょう》も何《なに》かを創《つく》り出《だ》す～スキル【想像《そうぞう》創造《そうぞう》】で目《め》指《ざ》せ成《な》り上《あ》がり！～

2023年５月１日　第１刷発行

著　者　ぱつきんすきー

発行者　島野浩二

発行所　株式会社双葉社
〒162-8540　東京都新宿区東五軒町3番28号
［電話］03-5261-4818（営業）　03-5261-4851（編集）
http://www.futabasha.co.jp/（双葉社の書籍・コミック・ムックが買えます）

印刷・製本所　三晃印刷株式会社

［電話］03-5261-4822（製作部）
ISBN 978-4-575-24624-7 C0093　